I0618692

Nunca te dije adiós

Salka

Nunca te dije adiós
Todos los Derechos de Edición Reservados
© 2025, Salka
Pukiyari Editores

Prohibida la reproducción total o parcial de este libro. Este libro no puede ser reproducido, transmitido, copiado o almacenado, total o parcialmente, utilizando cualquier medio o forma, incluyendo gráfico, electrónico o mecánico, sin la autorización expresa y por escrito del autor, excepto en el caso de pequeñas citas utilizadas en artículos y comentarios escritos acerca del libro.

ISBN-13: 978-1-63065-171-8

A Pilar

I

Escuchó las campanadas fortísimas y tardó mucho tiempo en darse cuenta de que provenían de su pecho. Cuando reparó en ello fue demasiado tarde, ya se había enamorado. Lo inesperado lo mantuvo en ascuas sin poder dirigirle la palabra, así de hermosa era. «Daniela», se presentó ella y Friedrich sacó fuerzas de flaqueza para sacarla a bailar en una noche interminable de pasodobles, mambos, y valses adoloridos. Giraron hasta marearse y solo terminó el embrujo cuando cuatro años después resucitaron del romance con el estentóreo «NO» que el padre de Daniela pronunció cuando se enteró que un tenientito del Ejército tenía sueños de casarse con la hija de un potentado.

Tan embelesado andaba Friedrich que no percibió la catástrofe y le tomó casi una vida sobrepasar el dolor que se le infiltró en la sangre.

II

Don Nikola Petrović escuchó los planes de casamiento de su hija con ojos desorbitados:

—No te he criado para que termines casándote con un simple teniente del Ejército, explotó, ni te he enviado a estudiar a Suiza e Inglaterra para que acabes limpiándole la casa a un "don nadie".

Daniela lo miraba sorprendida. ¿Quién era ese viejo irascible que tenía delante? El padre que le daba gusto en todo, viajes, fiestas, ropa, joyas, se había esfumado. Caminaba como un enajenado de un lado a otro de la habitación.

—No es de nuestra clase —vociferaba—. No tiene un real donde caerse muerto. Una vergüenza para la familia.

—Papá, recapacita —Daniela, muy compuesta, trataba de razonar con él—. Friedrich es un hombre íntegro, inteligente, culto, de principios sólidos.

Pero don Nikola Petrović fue inflexible.

—Nooo —vociferó a todo pulmón—, sobre mi cadáver. Lo reviento, lo arruino. Cuando yo acabe con él va a terminar pidiendo limosna —le juró a Daniela.

Doña Elvira trató de tranquilizarlo.

—Querido… —atinó a musitar—, tu corazón…

Pero una sola mirada de don Nikola la enmudeció.

No así a Daniela.

—Me caso con él quieras o no —contestó muy segura de sí misma—. La que se va a casar soy yo, no tú, es mi vida —dijo y salió de la habitación erguida y decidida.

Ya más sereno, don Nikola la mandó llamar a su estudio y estuvo hablando con ella un buen rato. No se escucharon gritos, pero Daniela salió con los ojos llorosos. Se encerró en su dormitorio durante tres días, no quiso probar bocado, las bandejas las recogían intactas. El coraje de una mujer trastabillaba tras esa puerta cerrada para emerger finalmente derrotado ante la inevitabilidad de un destino trazado. Cuando salió aceptó casarse con el hombre que su padre había escogido, Guillermo Toledo de Urrutia, un acaudalado terrateniente, de apellido aristocrático, diez años mayor que ella y al que casi ni conocía.

Don Nikola era amigo del comandante supremo de las Fuerzas Armadas. Aparte de ser su banquero, lo asesoraba financieramente.

—Si insistes en casarte —la amenazó fríamente—, levanto el auricular ahora mismo y decido el futuro de tu teniente con una sola llamada. Lo van a expulsar del Ejército más rápido que volando.

Daniela conocía a su padre, vio la determinación en su mirada, sabía que iba a mover todas sus influencias para destruir a Friedrich. No tenía alternativa. Lo llamó y rompió con él sin darle ninguna explicación. Si le decía que su padre iba a arruinar su carrera, no lo amedrentaría porque Friedrich era orgulloso, se encogería de hombros y le restaría importancia. Sin embargo, Daniela sabía que su carrera era lo más importante en su vida, ella no se la iba a arruinar.

Friedrich se enteró del noviazgo y del matrimonio por los periódicos. No podía entenderlo, solo estaban esperando su inminente ascenso a capitán para casarse. Sin embargo, era consciente de que la familia de Daniela no sabía del noviazgo. Ella nunca lo había llevado a conocer a sus padres aduciendo que eran "chapados a la antigua" pero le aseguró que eventualmente aceptarían su decisión.

¿Qué habría pasado? Daniela no contestaba sus llamadas. Desesperado, fue un día a buscarla. El mayordomo le indicó que no estaba en casa. En otra oportunidad, le entregó una nota escrita por ella diciéndole que no insistiera, no quería verlo.

El día de la boda, Daniela era una autómata, no sonreía, no hablaba y se negó a bailar con el novio ni con su padre. Friedrich fue a la iglesia, la vio pasar vestida de blanco níveo, elegantísima, y con esa belleza estremecedora que quitaba el aliento, pero pálida. Algo había cambiado en ella… De pronto se dio cuenta: no tenía la mirada juguetona que él adoraba, percibió cierta dureza en su rostro, un extraño gesto de obstinación o desencanto. Cerró los puños y salió, no quería escucharla dar el sí. *Maldita sea, no es feliz, ¿por qué se casa? Sé que me ama.* No pudo entenderlo, ni ese día, ni en todos los largos años que siguieron.

III

Don Nikola "tiró la casa por la ventana" con el matrimonio de su única hija. Él era hijo de inmigrantes que había hecho su fortuna a punta de esfuerzo y trabajo, pero ahora su hija se casaba con la alcurnia. Mandó hacer un pastel nupcial en forma de hacienda, con arcos, techos a dos aguas, y coronado con una efigie en pastillaje del novio montado a caballo y la novia a la grupa. Este último detalle, que rayaba en lo absurdo, hizo temblar a las familias tradicionales, que tuvieron que pasarlo por alto, considerando las fortunas involucradas y además porque los Petrović, eran aún considerados "extranjeros inmigrantes" *y bueno con esa gente nunca se sabe...*

Los mozos en libreas se desplazaban entre los invitados portando anticuchos flameando ensartados en brochetas, seguidos por bandejas de plata con exquisitos *hors d'ouvres*. Para el festín se mataron venados, corderos, cerdos y terneras. Se trajeron cuantas delicias del mar y río pudieron pescar, corvinas, lenguados, truchas, camarones, conchas. La enorme variedad de dulces fue confeccionada por las monjas de los conventos, famosas por su impecable técnica de siglos. Sirvieron toda clase de licores, pasando por *champagne* francés, vodka ruso, tequila mexicano, *whiskey* escocés, pisco peruano y gran profusión de vinos tintos de las regiones de Borgoña y Burdeos en Francia y blancos de Mosel y Reinhessen en Alemania. Hubo tal cantidad de arreglos florales que las damas terminaron con agudos dolores de cabeza por el intenso perfume que emanaban. Una bacanal romana en tierras sudamericanas, a la que solo Dionisio faltó. Allí estaban sus amigas emperifolladas y vanidosas, las damas de cierta edad abalanzándose sin remilgo sobre las delicias culinarias, los caballeros adustos hasta que los vapores del alcohol les quitaron a zafarranchos la compostura, las risitas destempladas de algunas jóvenes coquetas, el descalabro del baile de la juventud ardiente, todo llevaba a un torbellino de color, olor, sabor, una locura deslumbrante. La única nota de discordia en medio de esa algarabía era la novia. Daniela era una estatua, le faltaban las alas para parecerse a la Niké de Samothrace, la Victoria Alada del Louvre. Sentada al lado del novio no abrió la boca, tampoco comió, ni bebió, era una espectadora impávida.

Luego, los flamantes esposos se fueron de luna de miel a Europa, como se estilaba en esa época. La noche de bodas la pasaron en un lujoso hotel de la capital antes de emprender el viaje. Felizmente Daniela no se había hecho ninguna idea de romance, pero lo que vino no dejó ni asomo de un ligero entendimiento entre ambos. Guillermo era un hombre de campo. Si hubiese sido por él, no se hubiera casado y menos con una mujer tan deslumbrante, pero se lo había prometido a la madre. Antes de que ella muriera le dijo que necesitaba un heredero para perpetuar su linaje; y como él casi la veneraba, no le quedó otra.

Cuando don Nikola lo llamó y le ofreció su hija en matrimonio para impedir que se casara con el "mequetrefe del Ejército", a Guillermo le pareció bien, era un matrimonio del agro con la banca, en el cual ambas partes salían beneficiadas y el asunto siguió adelante. Cuando la conoció, casi se tiró para atrás. *Tanta belleza no es de este mundo*, pensó. Se sintió vulgar, burdo e ignorante. Pero don Nikola lo convenció. «La gente te va a admirar», le dijo, «aparte de ser hermosa, habla cuatro idiomas, francés, inglés, alemán y castellano, vas a ser la envidia de todos los hacendados». Y se selló el pacto.

La vida sexual de Guillermo siempre fue un tanto desvencijada, solo había tenido sexo con las empleadas domésticas de su casa cuando era adolescente; y ya hombre, con las indiecitas de su hacienda o con prostitutas. ¿Qué hacer con esa delicadeza de mujer que le había tocado en suerte? Tragó saliva y arremetió como pudo tratando de salir airoso, pero fue un completo fracaso. Los gritos de Daniela se escabulleron por entre las rendijas de la formidable puerta de cedro del hotel, lo que hizo temblar a Guillermo pensando que el gerente iba a venir a expulsarlos por el escándalo, luego la novia se deshizo en llanto. Él quedó varado en una esquina de la habitación sin saber qué hacer, retorciéndose las manos.

IV

Las tierras ya habían sido robadas o apropiadas desde muchísimo tiempo atrás, cuando llegaron los primeros "blancos" a despojar a los primitivos "salvajes". «Indios brutos», les dijeron, «venimos a traerles la civilización, el derecho de propiedad que ustedes ni conocen, y el Dios verdadero». «Pero nosotros ya tenemos Dios», dijeron. «Ese no vale», contestaron ellos. «Pero estas tierras son nuestras desde siglos» protestaron. «A ver, muéstrennos los títulos de propiedad para que se acredite ante la ley». Los "indios" los miraron con ojos redondeados de purita ignorancia, ¿títulos? No tenían, ni sabían lo que eran. Eso los convenció de que los otros llevaban la razón; o sea, ni modo.

Así fue como, siglos después, Don Guillermo Toledo de Urrutia heredó esas monumentales tierras convertidas, con el sudor de los indios, en prósperas haciendas.

Don Rafael, el padre de Guillermo, falleció apenas el hijo se graduó de ingeniero agrónomo. Había sido un hombre orgulloso e inteligente que tenía planeado enviar a su hijo al extranjero a sacar una maestría y de paso imbuirlo en el ambiente cosmopolita europeo, dándole la oportunidad de ampliar su cultura. Desafortunadamente, a su deceso, esos planes quedaron truncos. A Guillermo no le quedó otra alternativa que hacerse cargo de las haciendas sin tiempo para superarse en ningún otro campo. Se enterró en esas tierras, donde perdió cualquier sofisticación que pudiera haber alcanzado durante sus años de escuela y universidad y se convirtió en un campesino chabacano más.

Como patrón, Guillermo dejaba mucho que desear, hacía trabajar de sol a sombra, estafaba en las pulperías donde por fuerza tenían sus peones que comprar y citando el famoso "Droit du seigneur", "jus primae noctis" o "derecho de pernada" lo ejercía en toda su plenitud siguiendo la tradicional práctica histórica de abuso sexual.

Cuando Daniela llegó a la hacienda, después de haber superado todos los recovecos de su tragedia en la luna de miel, siguió un plan decidido de supervivencia. Tendría que vivir, pues viva estaba, pero a su manera. Comenzó con la vetusta casa que no habia sido remodelada desde tiempos de la Colonia y arremetió contra ella con arquitectos, ingenieros, constructores, albañiles, electricistas, plomeros, más cuanto involucrado en la materia pudo encontrar. Derrumbaron paredes, construyeron otras, rompieron puertas, erigieron nuevas, cambiaron pisos, paredes, techos, columnas... y cuando acabaron, no quedó el olor quejumbroso de la casa anterior, todo se había demolido, manteniendo, eso sí, el señorial aire colonial rústico de las casas de campo.

Guillermo vio así desaparecer con impunidad todas las vivencias de su infancia mientras la solemne mansión se deshacía en suspiros bajo la implacable voluntad de la nueva ama.

Daniela se dio cuenta de que estaba encinta al aniversario del tercer mes de su matrimonio, debió haber quedado embarazada en la fatídica noche de su boda. Cuando el médico le confirmó la noticia, Daniela caminó decidida hasta el despacho de Guillermo y allí, con toda la solemnidad de que era capaz lo encaró con un «tenemos que hablar». Entonces definió con exactitud prolija cómo iba a ser la vida de ambos en el futuro.

—No sexo. Mi puerta va a estar cerrada siempre con pestillo. Si tratas de entrar, aborto a "tu heredero", que está en camino, y me largo. Esta vida no la escogí, fue la que mi padre me impuso. Si estás de acuerdo, voy a ser la esposa perfecta, un dechado de virtudes, me ocuparé de tu casa, organizaré reuniones y fiestas, te convertiré en el hombre más envidiado por todos, una esposa culta, inteligente y fiel. Por mi puedes seguir violando a quien quieras o irte de putas, me importa un bledo, tienes completa libertad para hacer lo que quieras.

Guillermo la miró y vio la desesperación de animal herido que se le chorreaba por el cuerpo. No había marcha atrás, el destino lo acababa de trazar Daniela envuelta en el furor de su desgracia. Caviló, quiso darse tiempo para eludir la vergüenza del fracaso marital. En realidad, no le interesaba tener sexo con Daniela, su frigidez lo hacía sentir inadecuado, torpe, estaba más a sus anchas con las campesinas de la hacienda a quienes les podía decir palabrotas y desfogar sus instintos. A los pocos días aceptó tragándose la rabia, *todo sea por el heredero,* suspiró. Fue una buena decisión, Daniela lo esperaba con un puñal debajo de la almohada en caso de que el pestillo fracasara.

Sin embargo, cumplió al pie de la letra su promesa, desplegó toda la etiqueta británica en los banquetes con mayordomos enguantados (indiecitos de la hacienda que ella misma entrenó), cubiertos en perfecta simetría, recetas francesas (de sus años en el internado suizo), no olvidando el *sherbet*, el aguamanil, ni salpicar las conversaciones con interjecciones en inglés, alemán o francés (cómo no, era tan aristocrático hacerlo) poniéndole rubor en las mejillas a Guillermo de genuina emoción.

V

Fue el mortal aburrimiento, más que una emoción social, lo que impulsó a Daniela a abrir una escuelita para los hijos de los campesinos. Ella se había criado en la ciudad, lejos de la pobreza, en costosos internados del extranjero. Esos niñitos zarrapastrosos y moquillentos que le decían señorita profesora la miraban con admiración desbordante y le traían humildes regalitos, despertaron su amor, tristeza y deseo de ayudarlos. *Imposible que exista tanta desigualdad*, pensaba y le sorprendía que Guillermo ni siquiera reparara en ello.

Andaba muy contenta en su labor y orgullosa de sí misma hasta el día que casi se desmaya cuando encontró un piojo en su hermosa cabellera castaña. Aterrada, se fue a la ciudad a comprar cuanto producto encontró para matar piojos, liendres, pulgas y cuanta alimaña existía e instauró el "Día del Piojo", con lavado de cabeza general y las últimas técnicas matapiojos que la ciencia había inventado.

Su segunda "labor social" según Guillermo, fue el desayuno. Decidió que esos niños tenían que alimentarse bien para poder estudiar y, claro, tuvo que recurrir a su marido por dinero. Entonces se produjo una batalla campal en la que Guillermo la tildaba de comunista.

—¿Yo comunista? Estúpido, soy hija de un banquero. Pero no voy a permitir criaturitas hambrientas que les suenan las tripas en mi aula, Guillermo. Eres un cavernícola que no piensa en el futuro, necesitas gente sana para que puedan trabajar en tus haciendas y por lo menos que lean para que te ayuden a progresar, con ignorantes no vas a ninguna parte. ¡Si serás menso!

A regañadientes Guillermo, pensando que no le faltaba razón, lo aprobó. Pero el día que se le ocurrió a su mujer la idea de dar clases a los campesinos por las noches, tronó:

—¿QUÉ? Esta gente trabaja desde las cinco de la mañana, ¿quieres que se aparezcan en el campo a las diez soñolientos? Ni de a vainas —vociferó—. ¡Que escuelita nocturna ni que ocho cuartos! —se fue mascullando—. ¡La devuelvo al padre con hijo en la panza y todo!

El tiempo pasaba lento, los días inacabables hasta que nacieron, no uno sino dos, un par de mellizos, Claudia y Santiago. Claudia era una copia exacta de Daniela, solo con piel más morena, como su padre. Santiago, parecido al abuelo materno, de cabello rubio y ojos claros. A Guillermo no le gustó nada su descendiente, él era español de cepa y por allí le venía algo de la raza moruna que había permanecido ocho siglos en las tierras castizas. Hubiese querido que el hijo saliera de tez un poco más oscura y de ojos negros, en vez de un eslavo. En cambio, se volvió loco con su hijita, quien acaparó toda su atención. La engrió de una manera obsesiva, le permitía todos sus gustos, al crecer se dieron cuenta de que tenía el carácter soberbio de su padre y con tanto engreimiento terminó siendo egoísta. De su madre solo heredó el rostro. Daniela le pidió en varias oportunidades a Guillermo que no cediera a los caprichos de Claudia. «Haces mal, estás criando un monstruito», le decía, pero él no hacía caso, era la niña de sus ojos, el único amor sincero que había tenido en su vida, aparte de su madre «Que en paz descanse» y se persignaba. Santiago, en cambio, era de carácter fuerte, decidido, y en su juventud resultó estar lleno de ideales y justicia social, el polo opuesto de su padre y abuelos, hasta que descubrió cuán caro puede costar el idealismo, pero eso ocurrió mucho tiempo después.

Cuando los mellizos llegaron a la edad escolar, los enviaron a colegios de la capital. Claudia fue a un internado de monjas canadienses y Santiago de ingleses, «para que lo hagan hombre», según decía Guillermo.

El comportamiento de Claudia desde niña fue motivo de preocupación para Daniela. Un día estuvo observando a los mellizos mientras jugaban. Pintaban con crayolas y Claudia le pedía a Santiago que le trajera el color amarillo. El niño trajo otro color y Claudia le gritó: «Niño bruto, bruto, te pedí el color amarillo». Santiago se equivocó nuevamente y siguieron los insultos. Lo repitió tantas veces que el niño, frustrado, estaba al borde de las lágrimas. Daniela intervino al notar que no había color amarillo entre las crayolas.

—Claudia tráeme el color azul.

—Los "grandes" no juegan mami.

—No estoy jugando —respondió Daniela—, dame el azul.

Claudia solo conocía el color amarillo y se equivocó.

—Santiago: tú no eres bruto, mi amor, Claudia tampoco sabe los colores, no le hagas caso —explicó Daniela. Sin embargo, quedó preguntándose si la crueldad era inherente.

Al paso de los años el omnipotente engreimiento de Claudia se manifestó de diferentes maneras. Se había empecinado en hacer sufrir a sus semejantes, lo cual consideraba una tarea grandiosa que persiguió con ahínco durante su infancia y juventud hasta que casi llegó a doctorarse en el intento, aunque de eso su madre, Daniela, nunca tuvo la certeza.

Una de sus distracciones era quitarles los enamorados a sus amigas para después dejarlos. Era tan hermosa que siempre lo lograba. También perfeccionó el arte del *bullying* en el colegio, en una época en que nadie lo practicaba y ni siquiera tenía nombre. Durante las vacaciones invitaba a sus compañeras a la hacienda y lo convirtió en un privilegio para las elegidas.

Las muchachas se divertían allí montando a caballo, dándose panzadas de "pachamancas", las cuales se preparaban calentando piedras a fuego abierto, colocándolas en una fosa excavada y poniendo encima capas de diferentes carnes marinadas, tubérculos, vegetales y especies previamente envueltas en hojas aromáticas, para luego sellarlo todo con hojas de plátano y tierra. Tras una cocción lenta durante varias horas, se destapaban y se servían.

Tomaban leche tibia recién salida de la ubre de la vaca, lo cual era todo un acontecimiento para esas niñas de ciudad. Guillermo salía a cazar venados, era un especialista en su preparación y la carne favorita de su hija por lo que no podía faltar en los almuerzos. Nadaban en la piscina que Guillermo hizo construir por capricho de Claudia y se entretenían con diferentes juegos.

El favorito era "El sapo", un juego de lanzamiento que consiste en tratar de introducir bolas o discos de bronce en los múltiples agujeros de una mesa que tiene en el centro la efigie de un sapo sentado con la boca abierta. Si la ficha entra en la boca del sapo se obtiene el máximo puntaje. Este juego se atribuye a una leyenda Inca, donde se creía que los sapos tenían poderes mágicos y podían conceder deseos. Sin embargo, existe también en Inglaterra, donde se le conoce con el nombre de *"Toad in the Hole"*; en España "Juego de la rana"; en Francia, *"Jeu de la grenouille"*; y en varios países sudamericanos como "Juego de la rana" o "Juego del sapo".

Santiago invitaba a algunos amigos, pocos en comparación con las extravagancias de su hermana, aunque todos terminaban pasándolo bastante divertido a pesar de que eran más introvertidos que las bullangueras amigas de Claudia.

Las veces que Daniela se enteraba de alguna de las "maldades" de Claudia la recriminaba con aspereza. Guillermo trataba de justificarla diciendo que eran "cosas de criaturas" pero Daniela no transigía:

—La próxima vez que yo me entere de algo por el estilo te quedas en el internado durante todas las vacaciones y aquí no me traes ninguna invitada.

Cuando Guillermo la veía en ese estado de indignación ya no protestaba.

Al terminar la secundaria enviaron a los mellizos a estudiar al extranjero. Claudia escogió la carrera de Comunicación y Periodismo en la Universidad de Barcelona y Santiago se matriculó en la Sorbona, Francia, para estudiar Arte y Humanidades. «¿Humanidades?», Guillermo puso el grito en el cielo cuando se enteró. Se opuso terminantemente. «Yo no voy a pagar ninguna profesión para ociosos y degenerados», masculló. Daniela tuvo que intervenir una vez más y al final terminó aceptando a regañadientes. «Medicina, arquitectura, ingeniería, esas son carreras decentes, pero se le ocurre Humanidades. Claro, con esa madre medio comunista, qué se puede esperar. Es tu culpa Daniela», la recriminó. Daniela lo miró, suspiró e ignoró.

Al pasar los años, la actitud y sentimientos de Guillermo hacia Daniela fueron cambiando. Admiraba su fuerza de carácter, nunca la vio llorar ni quejarse de su suerte, la destreza con que manejaba la casa, el orden, la pulcritud, incluso el respeto y cariño que le tenía la servidumbre, cuando a él por poco lo ignoraban. Le había organizado la vida de tal manera que él no podría vivir sin ella. Le aterraba regresar al desorden, dejadez y soledad que imperaban antes de su matrimonio. En algunas oportunidades trató un acercamiento, pero Daniela era inflexible y él terminó resignándose.

VI

Friedrich, extraño nombre para estas tierras de América del Sur, lo escogió mi madre porque era gran admiradora de Friedrich Nietzsche y así es como consta en mi Partida de Nacimiento, a pesar de que mi padre quería la traducción al español, o sea Federico. Me alegro de que mamá no lo permitiera, porque Federico no me gusta, es más largo y carece de ese sonido gutural que tiene Friedrich. Mi madre siempre me repetía que estaba predestinado a ser el superhombre de Nietzsche. No llegué a ser ese ser humano ideal que trasciende la moral convencional y crea sus propios valores, para poder alcanzar el autodominio y una vida enaltecida. En cambio, me elevé a alturas insospechadas gracias a mi entereza, perseverancia y carácter, lamentablemente no siempre dirigidas hacia el bien de la humanidad, mis propósitos fueron más mezquinos.

No me voy a poner a confesar todas las porquerías que he hecho en mi vida, el recuerdo me estremece. Estamos en un mundo dual, lo opuesto rige, hay día y noche, masculino y femenino y, oh, humana tragedia, bien y mal, esto último revuelto dentro de mis mismas tripas. Te acostumbras y te vas hundiendo en ese fango sin siquiera darte cuenta. En fin, ya pasó.

Estaba repleto de odio y me ofrecieron la venganza en bandeja. Tenía el poder, la oportunidad, la impunidad. Esa rabia que llevaba se me deslizó con acidez sobre la piel y terminó enfermándome el espíritu. No era yo. Y no es que me quiera justificar, iba a la deriva, como un toro salvaje, de esos aguijoneados por banderillas en las plazas de toros, embestía a ciegas sin remordimientos.

Friedrich se debatía en conceptos filosóficos tratando de justificar sus actos. ¿Eran el bien y el mal solo una interpretación humana, algo subjetivo? Lo mismo rige para los valores morales, ¿cambian de acuerdo con la época en que vivimos o según las creencias de cada persona? Recordaba a su madre cuando trataba de explicarle la filosofía de Nietzsche. Se debatía en preguntas sin respuesta. ¿Por qué se había desarrollado en él esa imperiosa lucha por poder?

¿Que no era esta la esencia misma del ser humano y no producto de ese odio que sentía lo que lo impulsaba a dominar? ¿Podía justificar su violencia en ciertas circunstancias? En ese caso, él no era esencialmente perverso. Sin embargo, su propia conciencia estaba omnipresente y de ella no podía librarse.

No tengo mal carácter, aducía, solo que soy duro e inflexible. Creo que me falta compasión por el prójimo, no admito debilidades. Quizás por eso tengo fama de crueldad, pero en realidad soy frío. Difícilmente pierdo el control de mí mismo, quizás es peor, porque me hace parecer insensible. Debe venirme de mi sangre germana, mi madre era suiza, del cantón de Lucerna.

Me llevó allí un par de veces a conocer a los abuelos, que no tenían ni idea de dónde estaba nuestro país y desconfiaban de todo lo extranjero. Lloraban pensando que mamá vivía entre salvajes. Yo les decía que no, que mi casa era más espaciosa y bonita que la de ellos, que nuestros automóviles eran grandes y modernos. Los abuelos tenían unas máquinas para lavar con un dispositivo al costado para exprimir la ropa. Yo les contaba que las nuestras lavaban y exprimían solas y teníamos secadoras aparte. A mi abuela se le abrían enormes los ojos y me decía: *«Ist das wahr»*. Me llevaban a corretear por el Puente de la Capilla, un largo puente muy antiguo de madera sobre el río Reuss y a pasear en catamarán por el lago. Se sorprendían del color de mi piel; en mi país, yo paso por blanco, en Suiza, soy moreno. Gracioso, ¿no?

Cuando mi madre se divorció y regresó a Suiza, yo tenía quince años. No me pude ir con ella, mi padre no quiso aprobar mi salida del país. Craso error, él a mí me ignoró, dislocado en su dolor y caí en manos de su madre, una anciana casi desconocida. La mujer en realidad no era tan vieja, sino que había renunciado a vivir. Andaba siempre envuelta en algún hábito, que si no era del Señor de los Milagros, era de las Carmelitas o del Inmaculado Corazón y jamás una sonrisa porque seguramente pensaba que era pecado la felicidad. Una religiosa fanática que me aterraba por su intransigencia y estrechez de espíritu. Recuerdo que me escondía por los rincones a lloriquear porque extrañaba a mi madre, pero era orgulloso y no quería que esa abuela me viera lagrimeando. Además, odiaba que se expresara mal de ella. Por eso hui a los diecisiete años para alejarme de la anciana y de esa casa. Me presenté al Ejército con autorización de mi padre que tuvo que firmar porque yo era aún menor de edad.

Y cuando te conocí, Daniela, ¡Wow! Una aparición diáfana que iluminó mi vida, fui instantáneamente feliz. Alcanzábamos el paraíso con solo mirarnos. Hicimos miles de planes, hasta presupuestos para ver si nos iba a alcanzar el exiguo sueldo de capitán del Ejército. Para mí sobraba, pero tú, criada en la opulencia, «no me importa», me decías, «con tal de estar juntos». De pronto todo se esfumó. Nunca supe por qué, no me diste ninguna explicación. Te fui a ver a la iglesia cuando te casaste, eras un ser diferente, Daniela.

VII

Se estaba viviendo una inestabilidad política generalizada cuando ocurrió el *coup d'Etat*.

La revolución, esos infaltables levantamientos de la América Castellana, esos golpes de estado que usualmente desembocaban en tiranías militares, cayó rigurosamente y sin aviso sobre un país estremecido políticamente. Apareció con una desaforada reforma agraria decidida a desposeer a los "caballeros feudales" de sus tierras milenarias. Friedrich fue parte activa de este movimiento, el flamante teniente coronel del Ejército, embriagado de odio hacia la clase privilegiada, que consideraba culpable de su fracasado enlace, fue inclemente en sus decisiones, voraz en su venganza.

El golpe militar lo precipitó el perpetuo desacuerdo entre el Gobierno y el Congreso debido a la intransigencia de ambos. El nuevo

Gobierno de izquierda implementó varias reformas. Una de ellas, la agraria afectó más del cincuenta por ciento de la superficie agrícola del país.

Para los Toledo de Urrutia fue un golpe mortal. De un momento a otro perdieron todas sus tierras. El Gobierno las expropió y les pagaron con bonos que, debido a la hiperinflación que se produjo posteriormente, nunca se materializaron. Guillermo y Daniela salieron de la hacienda con lo que llevaban puesto, no les permitieron sacar nada más. Las casas hacienda que Daniela había remodelado y decorado tan prolijamente terminaron siendo usadas por cerdos y gallinas que correteaban por allí a su gusto, los sanitarios arrancados de sus bases, los pisos destrozados. El Gobierno entregó las tierras a cooperativas desprovistas de personal técnico y gerencial que estaban en manos de los trabajadores, gente ignorante que carecía de conocimientos para administrarlas. Las haciendas dejaron de producir. Al poco tiempo, la devastación llegó al punto de que hubo escasez de alimentos en todo el país y tuvieron que importarse a precios altos. En consecuencia, subió el costo de vida. La reforma agraria fracasó.

La reforma industrial y de servicios no solo no mejoró las condiciones de vida del pueblo, sino que produjo un estancamiento económico. La falta de inversión extranjera debido a la incertidumbre político-económica desestabilizó el sector público. Por último, se desató una crisis en los medios de comunicación. Todo esto dio paso a disturbios; y el Ejército, para recuperar el orden, intervino con tanques y balas, dejando heridos y muertos. De allí en adelante, los militares actuaron con mano excesivamente dura para apagar cualquier rebelión.

En esos años turbulentos Friedrich, ahora ascendido a coronel, fue enviado a luchar contra los insurgentes. Se cometieron abusos bajo su mando, fusilamientos, torturas, violaciones, crímenes políticos. Las morgues no se daban abasto para tanto cadáver, la tierra se desbordaba en sangre y la gente escuchaba hasta el hartazgo los estertores de muerte que el viento propagaba. Friedrich alcanzó fama de sanguinario. Sepultado en su desgracia que casi se lo traga por completo se vengaba. Llegó a asustarse de sí mismo cuando se veía en sus sueños y despertaba gritando con el miedo entre los dientes. *Que no maté a tantos*, pensaba, *y entonces ¿por qué me persiguen cientos?* Su ascenso meteórico continuó y a los cuarenta años ya era general de división con medalla al valor y llegó a formar parte del círculo interno del dictador. Pero el peso del pasado le seguía retumbando y cada mañana se levantaba con el espíritu triturado.

Daniela se había enroscado en mi espíritu de tal manera que ni siquiera dormido andaba tranquilo. Casi podía sentir su aliento o el roce de sus labios sobre los míos y ...callaba porque a veces el silencio te calma los graznidos del alma. No puedo olvidarte Daniela, aún te amo, con el falo, quizás, o los testículos ¿quién sabe?

VIII

Los Toledo de Urrutia se mudaron a una de las propiedades que poseían en la capital, pero su nivel de vida se vio reducido considerablemente. Guillermo aún poseía una fábrica de aceite vegetal que extraía de la pepita de algodón que se cultivaba en sus haciendas. Sin embargo, al perder las tierras debía comprar la materia prima al Gobierno que era el actual propietario. El negocio dejó de ser lucrativo y lo tuvo que vender a pérdida. Lo único que le quedó fue el dinero que tenía depositado en bancos del extranjero y sus propiedades inmuebles. A partir de entonces su soberbia se vio disminuida. Había perdido millones, no era nadie en esa sociedad actual de tendencias socialistas, su nombre ya no estaba vinculado a la riqueza. Se encerró, no quería ver a sus antiguos amigos, le faltó carácter para sobreponerse. Él no hizo su fortuna, la heredó, no sabía cómo levantarse otra vez.

Daniela, en cambio, solo se encogió de hombros. Quizás porque nunca sintió que esas tierras le pertenecían, a ella le fueron impuestas y no las quería. «Guillermo, la vida es un cambio perenne», le decía, «tienes que adaptarte, nada es eterno. Tú no vales por lo que tienes sino por lo que eres. Debes amarte, respetarte, pensar que como ser humano eres único, tienes cerebro, voluntad, estás vivo. Hay un futuro por delante, solo que es diferente, míralo con optimismo y olvida el pasado porque no va a regresar». Pero Guillermo no la escuchaba, la tragedia se le había impregnado y la vivía rumiando en el lodazal de su desesperanza.

Daniela comenzó a pintar, siempre lo hizo para distraerse, pero esta vez pensó sacarle provecho. Realizó una pequeña investigación de mercado para ver qué tipo de pintura estaba "de moda". Era el "arte abstracto". Así que se abocó en expresar sus sentimientos en formas, colores y texturas de su imaginación desbordante. Era más fácil que la pintura "clásica", en que la reproducción debía ser fiel al original. Vendió algunos cuadros entre sus amistades y fue a visitar galerías de arte. Con algo de dinero ahorrado se lanzó a su primera *vernissage*, una exhibición privada por invitación. Le fue bien, vendió varios cuadros y la galería la ayudó posteriormente a hacer una exhibición al público. La pintura pasó de ser un entretenimiento a una forma de ingreso. Podía haber enseñado idiomas, pero pintar significaba "crear", plasmar sus sentimientos, perderse en el reino de la imaginación y encontrarse a sí misma. Los óleos, pinceles, caballetes y lienzos formaron parte de su vida, remplazaron a los niños de la escuelita que mantuvo por años en la hacienda. Ellos llegaron a formar parte de su familia sin siquiera buscarlo y fue lo que más extrañó cuando salió de allí. Se emocionaba cuando recordaba los cantos, las rondas y los juegos. Esas criaturas, más que sus propios hijos que apenas veía porque estaban internos, ayudaron a borrar la amargura de un matrimonio forzado.

Le tomó tiempo darse cuenta de que estaba libre. Las tierras de Guillermo la ataban al compromiso del matrimonio. La casaron por dinero, para unir los intereses de la banca con el agro. Pero ya el agro había desaparecido y con él, la razón del matrimonio. Daniela entonces vislumbró el divorcio como algo inevitable.

IX

Salí de mi despacho cuando vi una aparición. Me tuve que apoyar sobre un escritorio para evitar caerme. *¿Daniela? Pero no, no podía ser*, en unos instantes mi mente me regresó a la realidad, *es demasiado joven y más morena, pero casi exacta*. Me acerqué aún medio sonámbulo por la emoción, el oficial que hablaba con la muchacha se cuadró y saludó, «mi general», balbuceó un poco nervioso. Le pregunté qué estaba ocurriendo. Me explicó que la joven estaba pidiendo un permiso especial para ir a una zona de conflicto que estaba vedada.

Ya más tranquilo, había recobrado mi aplomo, le pedí a la señorita que me siguiera a mi despacho. Le indiqué que se sentara, lo hizo al frente de mi escritorio y cruzó las piernas con deliberación. No pude evitar una ojeada, un hermoso par de piernas largas y esbeltas. Ella sonrió al darse cuenta, mientras le preguntaba su apellido. Necesitaba saber quién era. «Toledo de Urrutia», contestó. *Cielos, es hija de Daniela, con razón es tan parecida.* Cerré los ojos un instante al escuchar el nombre. Mencioné que en esa zona se realizaban escaramuzas (no le iba a decir que se libraban batallas campales) y le pregunté por qué quería ir. Me dijo que era periodista y quería escribir un reportaje sobre el levantamiento por ser una noticia de actualidad. Al cabo de unos instantes, ni siquiera sé por qué, me encontré diciéndole que yo la iba a llevar. No actúo por impulsos, pero no era yo, no conscientemente, estaba bajo una fuerte emoción que me tenía fuera de la realidad, solo pensaba en Daniela y tenía curiosidad sobre esa chica, que me miró sorprendida cuando le dije que la esperaba al día siguiente a las seis horas en el estacionamiento del ministerio. Escuché a la distancia que iba a llevar a su camarógrafo, asentí e indiqué que el viaje era largo. Se fue y yo quedé envuelto en el pasado.

Llegó puntual. Salimos de inmediato. Cuando abordamos la Cessna 207 esperé que los pasajeros se pusieran cómodos y yo me senté unos asientos adelante. Poco tiempo después de despegar la chica se levantó y se me acercó.

—Hola —me dijo—. ¿Por qué tan solitario?

No le contesté. Conozco a las mujeres, vino para a coquetear y eso no me gustó.

—Es usted general, ¿no? —continuó preguntando.

—Sí —le contesté escueto. Le di una rápida ojeada y luego volteé y la ignoré.

La chica insistió:

—¿Es muy peligroso allá?

—¿Usted quiere ir no? Mire —agregué con seriedad—, le voy a dar un mapa de los lugares, calles en realidad. Es un pueblo donde puede movilizarse sin peligro inmediato en las zonas delineadas, darse cuenta de lo que ocurre y hacer su filmación. La voy a hacer acompañar por una reducida patrulla de tres hombres para su seguridad. Ellos están en comunicación con la base y saben lo que está pasando para evitar zonas de tiroteo. Aténgase al mapa y siga las instrucciones de la patrulla. De otro modo, no puedo garantizar nada.

Contesté secamente a sus preguntas, a ver si me la sacaba de encima. *¿Peligroso? ¿A qué viene entonces la tontita esta? ¿Qué cree? ¿Qué*

es una excursión escolar? Te pareces a Daniela,
pero no eres Daniela, eres pueril y frívola.

¡Qué seco es este hombre!, pensó
Claudia. *¿Por dónde se le perdió la sonrisa?*

Friedrich se sentía incómodo. Había
instruido a su ayuda de cámara que avisara a los
oficiales a cargo de la situación de su llegada,
pero nadie sabía a ciencia cierta por qué iba, ni
para qué. Hacía tiempo que él no estaba
involucrado en ese tipo de operaciones. A las
cinco de la madrugada sacó a un oficial de la
cama para que le explicara los pormenores de lo
que se estaba llevando a cabo en toda la zona para
por lo menos dar sugerencias basado en su
experiencia militar de combate.

Después de registrarse en el hotelito del
pueblo donde se alojaban los oficiales, Claudia
salió con la patrulla asignada, escuchó tiroteo a
lo lejos, vio casuchas semi destruidas, pobreza
por todas partes, gatos callejeros, gente que
desviaba la mirada, orificios de metrallas. Para
Claudia fue un día difícil, se expuso a algunas
situaciones peligrosas, lograron filmar algo,
regresaron casi al anochecer y bajaron a cenar.

Claudia se sintió desilusionada al no ver al general entre los oficiales. Después de la cena salió a la galería. Allí lo encontró fumando una pipa y le dio un vuelco el corazón.

La noche estaba fresca. Había luna llena, una enorme pelota amarillenta que proyectaba un ambiente irreal. Claudia se quedó mirando a Friedrich desde el umbral, primera vez que lo veía sin uniforme y parecía mucho más joven. Llevaba unos kakis y camisa Polo negra entallada, desabrochada, que dejaba ver parte del pecho bronceado. Era muy alto, delgado pero musculoso. *Que guapo es este tío,* pensó, *y ¡esos ojos azules! ¿Cuántos años tendrá? ¿Cuarenta y tantos? Oh no, debe tener más, si es general debe ser mayor*. Llevaba el pelo castaño corto con algo de canas en las sienes y una barba pegada a la piel, *tipo Sean Connery*, pensó Claudia, y eso la hizo sonreír. Él volteó y sus miradas se cruzaron. Se quedaron en silencio unos momentos.

—¿Qué tal le fue? —finalmente dijo Friedrich.

—Bien, tomamos muchas fotos y filmamos algo, lástima que no pudiéramos ver mucha acción.

—¿Qué quiere? ¿meterse a luchar con ellos?

—General, no hay necesidad de ser tan rudo.

—Lo siento, no fue mi intención. Discúlpeme —dijo y esbozó una sonrisa que más parecía una mueca. Luego, tratando de ser amable agregó—: Me informaron que es usted de aquí pero tiene un fuerte acento español.

Claudia le explicó que se fue a España desde los diecisiete años a estudiar y que acababa de regresar.

—¿Por qué? ¿Le molesta? —le preguntó coqueta.

—No, en absoluto —contestó.

—¿Cuántos años tiene señorita Toledo…de Urrutia… ¿no? —continuó arrastrando el nombre—. Si no es indiscreción.

—Veinticinco, general.

—Yo tengo cincuenta y dos. Podría ser su padre —añadió cortante y la miró de frente.

Y a este ¿qué le paso? ¿Me está diciendo que no le coquetee? ¡Qué antipático!, pensó Claudia. Aunque decidió no hacerle caso y seguir la conversación.

—Tan joven ¿y ya es general?

Esta vez el hombre sonrió.

—Hace muchos años que soy general, señorita Toledo. ¿Le puedo quitar el "de Urrutia" que es un poco largo?

—Por supuesto —contestó Claudia y agregó: —Yo pensé que los generales nacían viejos.

Friedrich rio abiertamente.

—No, nos cuesta mucho estudio y combates. Este es el Ejército, no nos andamos con remilgos.

—¿Ha matado a muchos?

—Para eso nos entrenan.

—No ha contestado mi pregunta.

Se le acercó peligrosamente, tenía su rostro tan cerca al de ella que la asustó.

—¿Para qué quieres saber, Claudia? —musitó.

Cielos, esos ojos azules son fatales. Estaba tan cerca que pensé que me iba a besar. Y me está tuteando, pensó Claudia. Tenía unas ganas desesperadas de que la besara. Podía sentir su respiración, la tibieza de su piel cerca de su rostro, sintió que el corazón le latía apresuradamente y los labios le temblaban. Cerró los ojos y esperó. Pasaron unos instantes…

Friedrich retrocedió y se apartó.

—Es tarde y mañana debe levantarse temprano, señorita Toledo.

Claudia, visiblemente perturbada, salió de la galería sin despedirse. Oyó, el «hasta mañana, Claudia» de Friedrich. *Vaya con el tipo, se fue pensando, me chifla.*

¿Qué estoy haciendo?, empecé a recriminarme apenas regresé a mi habitación, *es hija de Daniela, por Dios, una mocosa que puede ser mi hija. Daniela pensaría que lo hago por vengarme. Esto se acabó. ¿Qué me pasó? ¿Me siento halagado de que una jovencita me coquetee? Y es preciosa, igualita a ti, Daniela, solo que más morena, por momentos me parece estar hablando contigo. Ni sé por qué la traje. ¿Curiosidad? ¿Acercarme de alguna forma a ti? Y todo porque no puedo olvidarte.*

X

Al día siguiente, cuando Claudia bajó al comedor, Friedrich estaba sentado a la mesa tomando café. En cuanto la vio se levantó, le dijo «Buenos días», y se fue con su taza a discutir unos mapas con los oficiales en la habitación adyacente. Perpleja, Claudia lo miró alejarse.

Salieron en el Jeep y Claudia notó fastidiada que Friedrich ni siquiera había volteado a mirarla ni despedirse de ella. *Pendejo,* pensó.

—Jorge —le dijo a su camarógrafo—, me cansé de filmar callejuelas sucias y perros esqueléticos, hoy día es nuestro, al cuerno el general y su mapa.

Descendieron del carro para cubrir parte del camino a pie. Al doblar una esquina, Claudia vio una calle desierta, y, sin pensarlo dos veces, se lanzó hacia allá seguida de su camarógrafo. Uno de los soldados fue tras ellos, los otros dos, sorprendidos, se quedaron atrás. Esa zona estaba demarcada como de peligro. No habían llegado ni a la mitad de la calle cuando comenzó el tiroteo. Venía de todas partes, incluso ventanas y azoteas. Claudia buscó dónde refugiarse, los dos soldados rezagados abrieron fuego, el que venía con ellos la cogió del brazo y la jaló buscando un lugar para esconderse, cuando de pronto escucharon un golpe sordo a sus espaldas. Era el cuerpo de un hombre, había caído desde lo alto estrellándose contra el pavimento. Tenía el cráneo roto, parte de los sesos fuera. Claudia se aterró al verlo. Levantó la vista y vio un muchacho muy joven, casi un niño, corriendo por la acera del frente, sosteniéndose con la mano un brazo roto que llevaba colgando. Todo estaba sucediendo de forma tan violenta que ella no atinaba a nada, estaba petrificada. La tragedia los había envuelto en cuestión de segundos. El soldado que los acompañaba se desplomó, una ráfaga de metralla le acribilló la pierna. Estaban en medio de una carnicería. Finalmente, Claudia reaccionó y con ayuda de Jorge consiguió arrastrar al soldado hasta la puerta abierta de una casucha abandonada. Ahí quedaron sin poder salir. Al ver que el tipo se estaba desangrando entre ambos le amarraron la pierna, le hicieron una especie de torniquete con parte de la camisa de Jorge que rompieron a jirones. No pudieron hacer más. Cada vez que Jorge se asomaba para ver si podía filmar algo, las balas lo hacían retroceder al interior. Mudos y asustados esperaron horas. Estaban aislados del mundo, no sabían dónde se encontraban y no tenían forma de comunicarse con el exterior. El soldado que los acompañaba había perdido tanta sangre que estaba inconsciente. Al anochecer vieron acercarse una patrulla de soldados enviados por el general. Los habían buscado por horas hasta que finalmente los ubicaron y llevaron de regreso a la zona libre protegiéndolos con sus cuerpos, aunque hacía un buen rato que no se escuchaban tiros. A pesar de la oscuridad se alcanzaba a ver bultos diseminados por la calle, eran cadáveres. Claudia se estremeció mientras Jorge filmaba.

Lo que nunca se esperó Claudia fue la ira de Friedrich. Apenas la vio comenzó el vituperio. La llamó estúpida e ignorante, que ese comportamiento se podía esperar de una criatura, pero no de una mujer.

—Ha puesto en peligro la vida de mis hombres, la suya, la de su camarógrafo. Estaba advertida, esto no es un juego, es la realidad. Le demarqué las zonas. ¿Cree que porque viene con un título del extranjero le da derecho a portarse como una irresponsable en su propio país? ¿Qué clase de persona es usted? Jamás la debí haber traído. ¡Cómo me equivoqué! Creí que tenía cerebro, pero es vana, egoísta y frívola. Buscando la fama con su estúpido reportaje sin importarle los demás. Desaparezca de mi vista, si mi cabo pierde la pierna, se lo debe a usted señorita.

Claudia estaba al borde del llanto, nunca había sido humillada de esta manera y para colmo en frente de todos los oficiales. Hubiese preferido que el tío gritara, pero no, su tono era frío, sus ojos azules se tornaron tan oscuros que parecían negros, su expresión, la dureza de su rostro, el infinito desprecio con que la miraba fue lo que la hizo sentirse como un insecto que él podía aplastar con un pisotón.

Claudia salió huyendo de la habitación a refugiarse en el dormitorio. *Sádico,* pensó, *es un bruto. Me las va a pagar.*

Al poco rato tocaron la puerta, un oficial le dijo que se alistara porque en media hora partían de regreso. *Vale, es medianoche, no he dormido, estoy destrozada y este infeliz quiere que nos vayamos,* pensó Claudia furiosa.

Nadie habló en el trayecto hasta llegar a la avioneta. Jorge estaba asustado, probablemente pensaba que el tipo los iba a matar, tenía ojos de asesino. Finalmente llegaron y abordaron la Cessna.

XI

Cuando subimos a la avioneta me senté junto a Claudia. Fui tan brusco con ella en mi oficina que tenía que disculparme. Pensar que Daniela me pudiera culpar por la muerte de su hija me desequilibró por completo. Los habíamos perdido, desaparecidos en medio del fragor de la lucha. Mi cabo no contestaba las llamadas, peinamos el área por horas pero era difícil dar con ellos sin tener la ubicación exacta. Se nos informó que se adentraron en la zona de peligro de mayor tiroteo, seguimos la pista hasta que finalmente los encontramos.

—Perdóname, Claudia, —murmuré contrito—, siento mucho haberte tratado tan mal, yo era responsable por ti... si te hubiese pasado lo peor... ¿qué explicación le iba a dar a tus padres? Eso me desequilibró.

—O sea que yo no te importaba —me contestó tuteándome también.

—Bueno, por supuesto que sí —atiné a decir cuando vi que comenzó a llorar. Le pasé el brazo por los hombros para consolarla. Me es difícil resistir el llanto de las mujeres y ella lo interpretó mal. Volteó el rostro hacia mí y me besó. Me tomó totalmente desprevenido, traté de separarme, pero se me acurrucó en el pecho aun llorando con sus brazos alrededor de mi cuello. Me conozco, si no fuera hija de Daniela, le hacía el amor allí mismo, porque eso es lo que esta muchacha estaba buscando desde hacía rato con tanto coqueteo, pero me contuve.

—Claudia, esto no puede ser. No puedo tener una relación contigo.

—¿Por qué? ¿Eres *gay*?

—No, claro que no.

—¿Estás casado?

—Tampoco. Mira Claudia, hay algo que debes saber. Tu madre y yo fuimos novios cuando éramos jóvenes, por más de cuatro años, y nos íbamos a casar. Por algún motivo me dejó y se casó con tu padre. Me dolió muchísimo. Nunca he podido olvidarla.

—¿Todavía la amas?

—Pues, no creo. Han pasado muchos años, pero fue el amor de mi vida. Jamás he podido olvidarla, me imagino que por eso sigo soltero.

—Me estás tratando de decir que no puedes tener una relación conmigo porque hace siglos fuiste novio de mi mamá.

—Pues sí, es una situación difícil.

—No veo por qué. Mami ni siquiera piensa en ti, está muy feliz casada con mi padre, se adoran.

Le mentí, pensaba Claudia, *algo dentro de mí me decía que eso lo iba a herir y yo quería hacerle pagar lo canalla que se portó conmigo. Lo vi palidecer y enmudeció. Sé que mi mamá no es feliz, ¿será por este amor de su juventud?*

Me tocó un punto álgido, todos estos años quise pensar que Daniela no me había olvidado, que por algún motivo la obligaron a dejarme, a casarse con otro, pero que aún me amaba. Al escuchar a Claudia sentí como si la sangre se me hubiera convertido en hielo. Me levanté con brusquedad y di unos pasos por la cabina. Necesitaba espacio, quería gritar, a duras penas me contuve. Por un instante me tambaleé, pero logré sentarme unos asientos más adelante y pegué la frente al vidrio de la ventanilla. Ahí quedé, abrumado, mirando estúpidamente las oscuras nubes del exterior y rumiando, que mi espíritu estaba más oscuro aún, hasta que aterrizamos.

—¿Quieres un *ride*? —le pregunté al bajar por las escalerillas de la avioneta. Asintió. La conduje hacia mi automóvil y le hice una seña al chofer para que me llevara al piso de alquiler. Si quería sexo, se lo iba a dar, ¡al diablo con tantas contemplaciones!

—¿Aquí vives? —me preguntó.

—Sí —mentí—, Ven, pasa —e ingresé al departamento con ella siguiéndome—. ¿Qué tomas?

—Lo mismo que tú —contestó.

—Escocés en las rocas entonces —contesté y serví dos.

La miré largamente, era tan parecida a Daniela que por instantes me parecía retroceder años atrás. Bueno, eso es exactamente lo que hice. Ni siquiera habíamos terminado los tragos cuando la levanté en vilo del sofá y la llevé en brazos al dormitorio, la eché sobre el lecho y empecé a desvestirla mientras la besaba. Le hice todo lo que había soñado mil veces hacerle a Daniela, besé cada curva de su cuerpo, cada pliegue de su piel, lamí sus muslos, sus pechos, le hice todas las caricias imaginables, le susurré palabras de amor cargadas de erotismo y antes de que llegara al clímax la penetré. «Mírame», le dije, «no cierres los ojos y alcanzamos juntos el orgasmo», yo mirando a Daniela en el rostro de Claudia. La sensación fue grandiosa, al fin lo conseguí, ¡Daniela había sido mía!

Quedamos tendidos, sin aliento.

—¡Fue divino! —balbuceó Claudia después de unos instantes.

No contesté, el encanto se había roto. Vuelto a la realidad, quería irme a casa, necesitaba estar solo, tenía una sensación de vacío sobrecogedora. Me levanté, fui al baño y me duché. Sentía también remordimiento de conciencia, era solo una chiquilla e iba a ser difícil irme y dejarla allí. Estaba molesto con ella y conmigo mismo. *Las cosas que se hacen por despecho,* pensé.

—Claudia, te mentí —le confesé al regresar—, no vivo aquí. Este es un piso que alquilamos entre unos oficiales. Puedes quedarte, pero yo debo ir a casa a cambiarme porque tengo que trabajar mañana temprano. He estado dos días fuera con el asunto de tu reportaje.

Discúlpame. Dame tu teléfono para llamarte, aquí tienes el mío, es mi directo.

La cara de Claudia pasó por desilusión, pena y rabia sucesivamente.

—No me puedes hacer esto —refunfuñó.

—Quizás estas cosas ocurren por meterte con ancianos —bromeé—, somos menos románticos.

¿Por qué a veces digo las peores estupideces? Si Claudia hubiese tenido una pistola me mata.

Me acerqué y la abracé (no puedo ser tan bruto, por Dios).

—Llámame mañana y te envío mi chofer para que te recoja, ¿está bien?

—¡Vete al cuerno! —despotricó Claudia.

Le di un beso ligero y me fui. Nunca me he sentido tan mal, un total hijo de puta.

XII

Claudia regresó a su casa esa misma noche. No quería quedarse en ese lugar, la avergonzaba que Friedrich la hubiese llevado a una "casa de citas" de oficiales, quería además contarle a su madre lo del "novio de su juventud", ver su reacción, saber qué sentía por ese general. Era tarde cuando llegó y esperó a la siguiente mañana para hablarle.

Comenzó diciéndole que estaba perdidamente enamorada de un hombre mucho mayor que ella, «en realidad podría ser mi padre», rio, «pero es muy atractivo y me ama». Le contó que lo conoció en el Ministerio de Guerra, donde había ido a solicitar un permiso para visitar una zona de insurgencia donde pensaba hacer un reportaje y este general salió de su despacho y conversaron.

—Y le gusté, mamá, creo que fue amor a primera vista porque me hizo pasar a su despacho y se ofreció a llevarme personalmente. Anoche regresamos y pasamos la noche juntos.

Claudia siguió narrando, haciendo caso omiso a la sorpresa y contrariedad de su madre cuando le preguntó:

—¿Te acostaste con un hombre que acabas de conocer?

—Sí, no seas anticuada mamá. —Y le soltó el nombre, sin rodeos—: Se llama Friedrich Santisteban Bhuler, es general de división del Ejército, miembro del gabinete presidencial, imagínate, mamá, un tipazo. —Era el momento crucial que Claudia había esperado con fruición…—. Y ¿sabes qué? Vamos a casarnos —agregó.

Un chorro de hiel bañó a Daniela y la dejó estática. Claudia percibió el dolor a través de sus pupilas.

—Mami, ¿qué te pasa? ¿Lo conoces? —agregó como si no se percatara.

Silencio y luego:

—Sí, hace muchos años.

Daniela pudo por fin levantarse y salir de la habitación huyendo de las palabras que provenían desde las profundidades de un túnel lejano retumbando en sus oídos, implacables.

Daniela había seguido las noticias sobre la carrera de Friedrich, lo vio algunas veces en televisión, como partícipe en reuniones oficiales y otras en entrevistas personales. No era el mismo muchacho idealista que conoció, mostraban a un hombre duro, inflexible, con ciertos vestigios de amargura que escapaba a través de la imagen en la pantalla. Se rumoreaba que era cruel y sanguinario, lo que le era difícil de creer, y mujeriego, aunque nunca se había casado.

¿Qué puede sentir una mujer joven dentro de un matrimonio estéril, viviendo una vida que no le pertenece porque esta que tiene se la pusieron delante y le dijeron tómala y se tuvo que rendir porque la alternativa en su ingenuidad era más tremenda? ¿Se cuentan los años que pasan? O simplemente se echan en un trapo vacío y se llevan a cuestas. ¿Pesan o son livianos? ¿Hablan o enmudecen?

Daniela sobrevivió soñando. Fue la única manera en que pudo sobreponerse a la falta amor y mantener un espíritu sano. Siguió viviendo su noviazgo, bebiendo sus besos, departiendo con el fantasma; y esa unión idealizada, una doble vida, la real y la imaginada le mantuvo el alma lozana.

En ese, su mundo, Friedrich la seguía amando y ahora ¿qué le quedaba?

Al principio deja que la desesperanza se apodere de ti, Daniela, pero reacciona, posees una mente clara, ágil, deja las tribulaciones atrás, razona, se dijo. *Friedrich es un hombre frío, calculador, tiene una posición de prestigio, ¿enamorarse de una jovencita vana, insustancial? Claudia es mi hija, pero tengo que aceptar sus debilidades. Y encima querer casarse a los cincuenta y tantos años, así de repente. No lo creo. Más sentido tiene pensar que sabe que es mi hija y quiere vengarse de mí enamorándola y después dejarla, como hice yo con él, como cree que hice yo con él.* Tengo que hablarle. No puede hacer eso, no es justo, Claudia no tiene la culpa de lo que pasó entre nosotros.

Tomó la decisión de ir a verlo, solo el miedo la contuvo… dudaba enfrentarlo. ¿Cómo iba a reaccionar después de tantos años? Si algo sentía eran unas ganas desenfrenadas de tener sexo con él.

Siempre quise tener relaciones íntimas con Friedrich, durante todo el tiempo que duró nuestro noviazgo. Pero Friedrich me repetía una y otra vez que teníamos que estar casados. Nunca entendí sus ideas al respecto. Yo me había criado *en medios más liberales, pero tampoco iba a presionarlo, no quería que se llevara una impresión errónea de mí, pero me hubiese ido a la cama con él sin pensarlo dos veces. Lo amaba y lo deseaba, éramos ya mayores de edad y nos íbamos a casar. What the hell! Friedrich y sus absurdas ideas. Bah!_*

Después de esa malhadada noche de bodas y subsecuentes tormentos sexuales con Guillermo, tenía que haber algo más glorioso que simplemente una unión grosera entre dos seres humanos, algo excelso como aquello que vislumbró con Friedrich en sus años de noviazgo.

XIII

Para mi sorpresa, Claudia me llamó a al día siguiente. Pensé que no quería volver a verme después del desplante de la noche anterior. Me dijo que quería que "aprobara" su reportaje antes de publicarlo, no quería problemas con las Fuerzas Armadas. Se presentó cerca del mediodía. El reportaje buscaba ser objetivo, pero en realidad era veladamente pro-Gobierno. Me pidió que lo firmara. Le saqué copia (yo soy muy desconfiado) y se lo firmé.

De lo más *non chalant* me comentó que le mencionó a Daniela que me había conocido. Me puse tenso de inmediato, traté de disimularlo, pero Claudia lo captó y guardó silencio, tuve que preguntarle qué dijo. Necesitaba saberlo. Esperé la respuesta con el corazón en un hilo. «Sí se acuerda de ti», contestó y cambió de tema de inmediato: «Friedrich, me muero de hambre, ¿me invitas a almorzar?» La hubiese querido ahorcar.

«Sí, por supuesto», respondí impertérrito. Me hizo llevarla a un restaurant carísimo que estaba en toda moda. Vacilé, no quería encontrarme con gente conocida, pero claro, estaba almorzando allí toda la plana mayor del Ejército. La dejé sentada en una mesa y tuve que acercarme a saludar. Comenzó el interrogatorio. Si se piensa que los hombres no son chismosos, craso error. Les dije que era la hija de una amiga de hacía tiempo. No pude evitar los comentarios sardónicos sobre la juventud de la chica, lo linda que era. Me armé de paciencia y me despedí.

Claudia estaba decidida a hacerme sufrir. Pasaba de un tema a otro hasta que de pronto lo lanzó: «No le he contado a mi mamá que me acosté contigo». Cerré los puños debajo de la mesa. Esta vez enmudecí, no pregunté nada. Viendo que no me iba a sacar ni una palabra prosiguió: «No sé si contárselo o no». Debo haber palidecido, pero seguí callado, hincándome las uñas en las palmas de la mano. De pronto preguntó: «¿Tuviste sexo con mi mami, Friedrich?». Esta chica estaba decidida a sacarme de mis casillas, pero ya estoy viejo para que una jovencita juegue conmigo. «Eso no es de tu incumbencia, Claudia», respondí. «Pues yo creo que no, si hubiesen tenido relaciones sexuales no te habría dejado para casarse con papá». Hizo una pausa y prosiguió: «porque tú eres bueno en la cama. Me consta», añadió sonriendo con cierto descaro.

Le hubiera soltado una bofetada, pero solo tomé un trago de vino y seguí comiendo, tratando de mostrarme impasible. Me di tiempo para pensar y por fin hablé. «Mira Claudia, no me interesan tus elucubraciones sobre la sexualidad de tus padres o tu opinión sobre mí. Tú eres una criatura que habla demasiado, que quiere acaparar mi atención de alguna manera y cree que el sexo es una forma de lograrlo. Soy un hombre ocupado y esta trivia no tiene interés para mí. Puedes quedarte para el postre si quieres, todo está cubierto». Y me levanté para buscar al *maitre d'* y pedirle que enviara la cuenta a mi oficina. Ni siquiera la miré para ver su reacción y salí con un ligero saludo a mis compañeros. Si para algo sirve la edad es para no caer en trampas. Sin embargo, me sentí muy alterado, todo lo que tenía que ver con Daniela me descomponía.

Desafortunadamente los hombres somos débiles. A los pocos días se apareció en el ministerio. Casi le digo a mi asistente que no la deje pasar al despacho, pero es hija de Daniela y todo lo que tiene que ver con ella me tiene en ascuas. Bastante hosco le pregunté qué quería. Vino a pedir disculpas, me dijo que se portó como una tonta, que yo tenía razón que quería llamar mi atención y creyó que así lo lograría, que se había enamorado desde que me vio, que después de esa noche no podía olvidarme porque hubo amor, me dijo «no lo niegues», sentí que yo te importaba, la forma que me hablabas, me besabas, me mirabas, cielos, vi tu rostro Friedrich».

Claro, yo no le podía decir que le estaba haciendo el amor a Daniela, no a ella, y me sentí mal por ello, culpable del engaño. No lo había hecho a propósito, pero fui muy egoísta pensando solo en mi propia satisfacción, la usé. Cambié de actitud, traté de ser amable, al fin y al cabo soy un hombre maduro y Claudia es una jovencita. Terminamos yendo a cenar esa noche, de allí a bailar y luego ...a la cama.

¿Qué puedo decir para justificarme? Es joven, es linda, quiere acostarse conmigo y ...soy hombre. No me voy a andar con remilgos. Solo que es la hija de mi gran amor...pero que ni me recuerda, está casada con otro y se adoran. En fin, fue el comienzo de una relación un poco a regañadientes de mi parte, algo dentro de mí me decía que Claudia me estaba manipulando. Le prohibí hablarme de su madre. Me preguntó por qué. «Es mi pasado», le dije, «déjate de hurgar, no me gustan las fisgonas». Mi rostro dijo más que eso. Enmudeció. *Good Lord, she finally got it!*

Estoy enamorada de este hombre, se dijo Claudia. *No sé cómo ha ocurrido, pero por primera vez en mi vida me he enamorado. Pienso en él todas las horas del día, lo veo y me da un vuelco el corazón y sé, porque de eso estoy segura, que sigue enamorado de mi madre, ya me encargaré de que la olvide. Él la recuerda de cuando eran jóvenes, pero ahora mamá está vieja y yo soy mucho más joven. Además, ya perdió su oportunidad, tiene casi treinta años de matrimonio con mi padre. ¿Para qué se casó? Que se quede con él. La noche que Friedrich me hizo el amor pensé que me amaba, las cosas que me susurraba, los besos apasionados, sus ojos repletos de ternura y deseo al mismo tiempo. Esas caricias no podían ser fingidas, cuando le vi el rostro al llegar al clímax, no era solo placer, era amor. Fue algo tempestuoso, estremecedor. Pero no se ha repetido, ahora tenemos sexo, pero*

diferente, no es la misma sensación, como si lo hiciera con un hombre distinto. Tiene que ser mío. Es solo cuestión de paciencia. Tengo que apartar a mamá del camino. Friedrich está enamorado de una ilusión, es hora de que la olvide.

Una noche Claudia preguntó:

—Friedrich por qué no vamos a tu casa, estaríamos más cómodos, podríamos pasar más tiempo juntos.

Él le dio una de esas miradas que la hacían sentir fuera de lugar.

—Estamos bien acá —respondió—. El piso es solo para nosotros, ya arreglé con los otros oficiales para que no lo usen.

—Además, no tenemos más tiempo, Claudia, yo trabajo y tú también.

—Pero… ¿por qué no tu casa?

—Porque soy una persona privada, me gusta estar solo. Cuando quiero compañía estoy acá contigo, mi casa es mi refugio.

A veces puede ser insoportable este hombre, pero lo amo, pensó Claudia.

XIV

Daniela no se decidía a ir a ver a Friedrich, tenía miedo de su reacción. ¿Como la trataría? ¿Con desdén? Pero tenía que verlo, debía proteger a su hija. Claudia le hacía confidencias de sus relaciones con Friedrich, que Daniela no quería escuchar, le contaba lo dulce y amoroso que era, «mami, me adora», le decía, «me hace tan feliz». Sin embargo, Daniela conocía la naturaleza humana y más aún a su hija. Claudia era arrogante, vanidosa, despectiva, características que generan estrés, falta de empatía y conflictos sociales. No parecía ser feliz como pregonaba, era la misma de siempre, con ese perpetuo descontento producto de su inseguridad. Un día le preguntó: «¿Cuándo es el matrimonio, Claudia?». Su hija, totalmente desprevenida, titubeó sin saber qué contestar. *Está mintiendo*, pensó Daniela. *Friedrich está jugando con ella.* Eso la decidió en ir a verlo de inmediato. *Hoy,* dijo, *no lo pospongo un día más.*

Friedrich fumaba mirando hacia afuera a través de los grandes ventanales de su despacho. Ensimismado observaba un sol que devoraba todo pero que el zumbido del aire acondicionado mantenía a raya en la habitación. Se preguntaba cómo se había metido en ese embrollo. Volteó al escuchar abrir la puerta, era su asistente:

—General, una señora Petrović pide verlo.

Palidecí.

—Hágala pasar —dije, levantándome del asiento.

—¡Daniela! —Proferí. Y enmudecí. La emoción me embargaba, hubiese querido correr a abrazarla, besarla, pero no podía, estaba atornillado al suelo sin poder moverme, tenía la garganta seca, los ojos húmedos, el corazón me estallaba. La recorrí con la mirada, *Ha pasado tanto tiempo y claro ya no es la jovencita que recordaba, pero sigue igual de bella, los años han dado más carácter a su rostro y su figura tan esbelta como cuando la conocí.*

Nos estábamos reconociendo después de veintisiete años. La escuché nombrar a Claudia, por supuesto, a eso había venido. La interrumpí:

—Déjame explicarte.

—¿Lo hiciste para vengarte?

—Daniela, escúchame.

—¿Te vas a casar con ella?

—Nooo, ¿de dónde sacas eso? —exclamé asombrado.

—¿Has estado jugando con sus sentimientos? ¿Querías enamorarla y después dejarla?

—¿Puedes escucharme, mujer? Tu hija se ha encaprichado conmigo. Eso es todo.

Traté de contarle cómo la conocí, que quise evitar una relación justamente por ser su hija, hasta le confesé sobre nuestro noviazgo, agregué.

—Claudia es engreída e insistente. Cuando le dije que no podía tener relaciones con ella porque tú y yo habíamos sido novios, me dijo que eras muy feliz en tu matrimonio, que adorabas a su padre, «ni siquiera se acuerda de ti», me dijo burlona, y yo como un imbécil estuve loco de amor todos estos años, haciéndome la ilusión de que me querías, que te habían casado por la fuerza... ¿Por qué crees que sigo soltero?

¿Que nunca he podido tener una relación seria con ninguna mujer? Jamás te olvide, Daniela. ¿Por qué me dejaste? «No puedo verte más», fue lo único que me dijiste. Claro, te casaste con un hacendado, rico, distinguido y yo no era nadie. Una estúpida llamada por teléfono, eso fue todo y ¿de tu boda? Me tuve que enterar por los periódicos. ¿Sabes el daño que me hiciste? Me convertí en... hay cosas que he hecho de las que no quiero acordarme, que me avergüenzan, ¿cómo crees que he llegado tan arriba? —enmudecí, no pude decir más, se me rompió la voz.

Hubo un largo silencio hasta que Daniela comenzó a hablar:

—Mi padre prometió que te iba a arruinar, iba a hacer que te expulsaran del Ejército. «Va a terminar pidiendo limosna en este país, lo voy a hundir al desgraciado», me juró. Él estaba muy bien relacionado, en esa época era muy amigo del comandante supremo del Ejército. Le creí, era capaz de todo. Preferí renunciar a ti que hacerte daño.

—¡Vaya si eres ingenua Daniela! —proferí—jamás lo hubiera logrado. Había mucha gente importante con planes para mí, recuerda que fui el alférez y teniente más joven del

Ejército, mi ascenso a capitán era inminente. Además, en ese tiempo ya había rumores de que se estaba fraguando el golpe de estado, la toma del poder y la caída del Gobierno. ¿Por qué no me lo dijiste?

Daniela rompió a llorar y eso no lo pude resistir. Me acerqué y la tomé en mis brazos, la besé y …olvidamos el mundo que nos rodeaba.

No sé cuánto tiempo transcurrió, lo único que yo sentía era que la vida me había regresado, que la tenía en mis brazos, que la amaba desesperadamente, que jamás iba a dejarla ir, la emoción era tan grande que quería llorar. Perdimos toda noción de la realidad, nos faltaba tiempo para besarnos, tocarnos, acariciarnos, confesarnos entrecortadamente cuánto nos queríamos. Me contó a sollozos lo infeliz que fue todo ese tiempo. «Vámonos de aquí», susurré por fin a su oído con voz enronquecida. Tomé el teléfono y di orden que trajeran mi automóvil.

Cuando llegamos a casa, el chofer abrió el portón de la entrada con el dispositivo electrónico y estuvo manejando unos minutos por el sendero bordeado de jardines.

—¡Qué tal mansión! —exclamó Daniela—. ¿Vives aquí?

—Sí, mi amor, y eres la única mujer que he traído a esta casa —se lo comenté porque quería que ella lo supiera.

Al fin solos y yo con el corazón que se me quería salir del pecho. ¡Daniela! la tenía delante y de pronto no me atrevía ni a tocarla. Me había confesado entre suspiros cuánto me deseaba, me recriminó no haber tenido sexo con ella durante el noviazgo, «quizás todo hubiese ocurrido de manera diferente si hubiese sido tuya», me dijo. Me acerqué al bar y me serví un *whiskey* doble que me tomé de un trago para tranquilizarme. Ella se dio cuenta de mi nerviosismo, se acercó, me echó los brazos al cuello y se acurrucó en mi pecho.

He estado con infinidad de mujeres, de todas las edades, de distintas clases sociales, hasta he violado… y ahora, delante de Daniela, me sentía como un adolescente que va a amar a una mujer por primera vez. Creo que eran las expectativas que tenía Daniela o la infinidad de veces que me había imaginado haciéndole el amor ¡qué sé yo! La rodeé con mis brazos y la besé en los labios con suavidad.

—Vamos a tomarnos tiempo —le dije—. ¿Quieres algo de beber?

—¿Tienes *champagne*?

—Creo que sí, déjame ver.

Había una botella en la refrigeradora y la abrí, el pop del corcho me sobresaltó. Nos sentamos en el sofá y nos pusimos a recordar la época que nos conocimos, le conté lo que sentí el momento en que la vi por primera vez, hablamos de nuestras escapadas, los primeros bailes, nuestros primeros besos.

—Friedrich, ¿por qué nunca me hiciste el amor? —insistió Daniela.

—Porque en esa época era muy convencional, pensaba que teníamos que estar casados.

—No sabes cuánto te culpe por no hacerlo. Cuando el energúmeno de mi marido me violó la noche de bodas, por lo menos me hubiese dado el gusto que supiera que no era el primero.

—No me cuentes eso, mi amor. Me haces sufrir.

—¿Puedes sacarte ese uniforme y todos esas insignias, galones y medallas, por favor?

Apenas comencé a desvestirme la vi levantarse y quitarse la blusa, luego dejó que la falda cayera a sus pies, estaba en *brassiere* y *panty* y me quedé impresionado: su cuerpo todavía se mantenía duro y esbelto, seguro iba al gimnasio diariamente. Yo solo me había quitado la chaqueta. La tomé de la mano y fuimos al dormitorio. Terminé de desvestirme y nos echamos sobre la cama, le pasé el brazo por los hombros y ella recostó su cabeza en mi pecho. Creo que nunca me había sentido más feliz. Pero el corazón me seguía latiendo apresuradamente. *Cielos,* pensé*, nunca le he fallado a una mujer pero me tengo que calmar, no sé qué cuernos me pasa, así no voy a tener una erección*. Me miré. No la tenía. Tragué saliva.

—Friedrich, ¿por qué estás tan tenso?

—No lo sé, mi amor, primera vez que me pasa esto.

—No puedo creerlo, ¿el famoso *playboy*? Porque tienes fama de mujeriego, hasta yo lo he escuchado.

—Pues ya ves, fama no más —exclamé sonriendo un poco avergonzado.

Después de un largo rato incómodo para ambos, Daniela se incorporó.

—No te preocupes —susurró—, para la próxima será.

—No —casi grité.

Ahí sí se me pasó todo el nerviosismo, me aterré de pensar que se iba, era ahora o nunca. La jalé, cayó sobre el lecho y empecé a besarla. «No me dejes, mujer, no podría soportarlo otra vez». Mis labios comenzaron a recorrerla, mis manos a tantear su cuerpo, la vi cerrar los ojos, suspirar, busqué sus pechos, lamí sus pezones, mordisqueé sus muslos, me incorporé y le quité los *panties*, la miré con una lujuria que me envolvió hasta el cerebro, comencé a besarle el sexo, su olor me excitaba, la sentí arquearse, estaba húmeda pero seguí ejerciendo presión cada vez más intensa con mis labios, pasé una y otra vez mi lengua por el punto más erótico de su cuerpo, la escuché gemir de placer, iba a llegar al clímax, me incorporé y la penetré en una mezcla lasciva de amor y deseo.

—¿Me sientes?

Traté de hacerlo con suavidad, pero no pude contenerme y me introduje hasta el fondo dentro de ella. La sentí gritar.

—¿Paro?

—No, sigue, sigue, no te detengas

La estaba follando con una intensidad salvaje, sentía que el amor se me desbordaba por los poros, hasta que vi el deleite en su rostro, la sentí vibrar, se había perdido dentro del placer y llegué al orgasmo ya sin control, bordeando el paraíso junto con ella.

La monté incesantemente, mismo macho cabrío, hasta el anochecer. Después, todo fue ternura.

Cuando salimos vi que Daniela miraba la casa con curiosidad.

—Es un poco fría ¿no? —comenté.

—No tiene mucho de ti —respondió—, quizás no fría, sino impersonal.

—Decoración profesional —suspiré—, necesita un toque femenino. La biblioteca es el único lugar donde me siento cómodo, rodeado de mis libros, mi música, es mi refugio. Quizás podamos visitarla en otro momento, está un poco alejada.

—¿Por qué necesitas una casa tan grande, Friedrich?

Reí.

—Lo mismo me pregunto yo, Daniela —después de una pausa agregué—: Lo que pasa es que a veces tengo que dar recepciones e invitar a algunas personalidades.

—¡Vaya! Te has convertido en alguien muy importante.

—Todo tiene un precio en esta vida Daniela, yo lo pagué caro, con mi conciencia —dije y con rapidez cambié de tema—. ¿Vas a dejarlo? Quiero que te divorcies, casarme contigo, amanecer cada mañana mirando tu rostro, estrujarte en las noches…

—Calla, Friedrich —me interrumpió—. No es tan fácil. Dame tiempo. ¿Qué vas a hacer con respecto a Claudia? —me preguntó.

—Nos mintió a ambos, Daniela. A mí me hizo creer que eras feliz en tu matrimonio, que ni siquiera me recordabas. A ti te dijo que estaba loco por ella y que nos íbamos a casar. Fue cruel. Lo hizo por celos y despecho. Se dio cuenta de que aún nos amábamos, imposible ignorar la perspicacia de una mujer celosa, y quiso destruirnos, sin importarle el daño, solo porque estaba encaprichada conmigo. Le era difícil concebir que un hombre maduro no se enamorara de una jovencita hermosa como ella. Creo que te equivocaste en su educación, tu hija es egoísta y no le importa herir a los demás para conseguir sus fines.

—Así la crio su padre, Friedrich.

—Bien. No pienso darle ninguna explicación, se va a dar cuenta por sí misma cuando ignore su asedio.

Daniela suspiró.

—Llévame a recoger mi coche, ya veremos cómo se desenvuelven las cosas.

Sin embargo, las cosas se desenvolvieron de forma totalmente inesperada y dramática.

Yo no soy hombre que dejo nada sin terminar. Cuando Claudia me llamó, fui a verla.

—Ya estoy viejo para culpar a otros por los errores que cometo, Claudia —empecé—. Yo tuve la culpa de llevarte a la cama. Me porté mal. No lo hubiera hecho si no me hubiese sentido tan herido cuando me mentiste diciéndome que tu madre era feliz en su matrimonio. Eso me descontroló, aunque no es excusa. También le mentiste a tu madre sabiendo que ibas a hacerla sufrir. Sin embargo, ella vino a suplicarme que no te hiciera daño, que no me vengara en ti el mal que ella me hizo.

Hubo una pausa en la que ninguno de los dos hablamos, hasta que rompí el silencio.

—¿Sabes, Claudia? Tu madre y yo aún nos amamos y hemos decidido casarnos después de su divorcio. Debo agradecerte, sin tu intervención quizás no nos hubiésemos vuelto a ver.

Me levanté y salí, Claudia había enmudecido de furia, pero se vengó.

XV

Antes de levantar el auricular lo sabía, lo presentí. Era Daniela:

—Anoche han allanado el local de trabajo de Santiago. Claudia fue a buscar a su hermano esta mañana muy preocupada porque no vino a dormir anoche y los vecinos le dieron la noticia. Está en la cárcel, Friedrich, y no sabemos cuál ni qué está pasando.

—¿Sabes algo sobre sus actividades, Daniela?

—Tiene una imprenta, imprime folletos para los insurgentes y, según Claudia, da cierto apoyo logístico.

—Déjame hacer averiguaciones y te llamo.

—Friedrich: tienes que sacarlo, dicen que de esas cárceles políticas nadie sale vivo.

—Tranquilízate, por favor. Espera mi llamada.

Muchacho estúpido, refunfuñé y cogí el teléfono: «Averigüe todo acerca de Santiago Toledo de Urrutia», le pedí a mi ayudante de campo. «¿Dónde está preso? ¿Por qué? ¿Quién se encarga del caso?».

Resultó que la cosa era grave y estaba en manos de la Policía de Inteligencia (PI), una rama independiente del Gobierno, que reporta directamente al presidente. Allí yo no tenía jurisdicción, pero al diablo. Me presenté en la cárcel. Daniela tenía razón, allí existía abuso y violencia sistemática. Casi se desmayan cuando vieron aparecer en persona al general más condecorado del Ejército.

—¿Quién está al mando aquí?

Un capitán se presentó y me llevó a ver al prisionero. Estaba hecho un guiñapo sobre un suelo empedrado de ratas y cucarachas. «Soy amigo de tu madre», le informé. El joven no podía ni hablar, se habían ensañado con él toda la noche. Estaba cubierto de sangre, un ojo hinchado, moreteado y completamente cerrado. *Ojalá no le hallan vaciado el ojo*, rogué. Su aspecto era lamentable. Trató de pararse, no pudo, creo que tenía una pierna rota o dislocada.

—¿Qué te hicieron? —le pregunté.

—Me golpearon con una porra de metal, me empujaron y caí con fuerza, sentí rebotar mi cabeza contra el suelo de cemento "como si fuera una pelota de baloncesto" y alguien me pisoteó la cara. Después ya no recuerdo mucho, me desmayé varias veces mientras me pegaban.

—Voy a sacarte de acá —le dije.

—Gracias —contestó tratando de esbozar una sonrisa.

—Por favor, dígale a mi mamá que estoy bien, no quiero que se asuste.

¡Valiente el mozuelo!

Me estaba enfrentando a la Policía de Inteligencia, pero no se atrevieron a decir nada, donde manda capitán... en este caso, general. *Cachacos de mierda, a mí no me van a venir con vainas por más PI que sean.*

—Manden por una ambulancia de inmediato —ordené al capitán— y trasládenlo al Hospital Militar bajo mi responsabilidad. —El tipo iba a abrir el hocico para decir algo, pero retrocedió cuando vio mi mirada. Se dio cuenta de que le iba a volar la cabeza de un solo disparo. Sabía de lo que era capaz, mi fama me precede— . Le avisas a tu superior que son mis órdenes y muévanse rápido.

De allí, fui directamente a pedir una audiencia urgente con el presidente. No me quedaba otra.

—Friedrich, ¿qué pasa? ¿qué es tan urgente? —me preguntó el presidente al verme entrar.

Después de decirle que en mi vida jamás había pedido un favor (aunque me contuve antes de jactarme de todas las cosas que había hecho "por la patria", que él ya las sabía), le expuse que necesitaba sacar a este muchacho del país. Cuando quiso saber quién era, le tuve que contar mi relación con su madre.

—Tú, ¿enamorado? —me preguntó con unos ojos como platos.

—Así es, desde que era alférez —respondí—, es una larga historia, pero hemos reanudado nuestras relaciones y quiero casarme con ella.

—Tú, ¿casarte? ¿Quién es ella?

(Dale con las preguntas).

—Daniela Petrović.

—Friedrich, eres el soltero más cotizado del Ejército. Te han perseguido por años cuanta mujer hay y ¿ahora te quieres casar? ¡Casi no puedo creerlo!

No dije nada.

—Volviendo al asunto —quiso saber—, ¿Qué ha hecho ese muchacho?

Traté de restarle importancia al problema. Le hice una reseña corta de su vida, que había estudiado en Paris, un niñito bien con ideas revolucionarias y que quería sacarlo del país para que no friegue más y no se meta en mayores problemas. «Creo que ya ha perdido un ojo», le comenté, «y tiene una pierna rota o dislocada. Daniela se muere si se lo matan». En ese instante me di cuenta de que era cierto. Daniela no resistiría la muerte de su hijo, eso la destruiría, jamás volvería a ser la misma. Sentí que la emoción me embargaba, ya no pude ocultar la desesperación, los ojos se me humedecieron, apreté los labios,

—Le ruego señor presidente —musité y enronquecí de emoción.

Lo vi levantarse y se acercó a mí visiblemente preocupado.

—Friedrich, déjate de señor presidente, somos amigos de toda la vida. ¿Por qué no me viniste a hablar antes de buscar un conflicto con los de Inteligencia?

—Por angustia —contesté—. Terror de no llegar a tiempo y encontrarlo muerto. ¿Qué le iba a decir a su madre? Está como loca.

—Bien. Déjalo en mis manos. No podemos negarle nada a nuestro héroe nacional.

¿Héroe?, pensé con ironía, *ejecutor, diría yo, un vulgar criminal.*

Llamó a su edecán y le dio las órdenes pertinentes.

—Habrá que conocer a Daniela, debe ser una persona especial —sonrió entregándome el documento firmado—, se ve que estás muy enamorado —y me dio unas palmadas en la espalda.

—Gracias —atiné a decir y salí cavilando. *¡Las cosas que uno hace por amor!*

En la puerta, escuché al edecán llamando al director de la Policía de Inteligencia de parte del presidente. *¡Qué tal bolondrón he armado!*, pensé.

De pronto me acordé de Claudia. *Es probable que ella también esté en peligro*, me dije. Recordé que yo mismo la llevé al pueblo donde había una insurgencia y ella era periodista, hermana de un revolucionario. La iban a interrogar. *Cielos, eso no*. La llamé.

—Friedrich… —comenzó a decir Claudia y ya iba a lanzar sus peroratas, cuando la interrumpí:

—Cállate y óyeme —le conté brevemente la situación de su hermano—. Es probable que te detengan a ti también. Los familiares por lo general caen, eres joven, estuviste haciendo un reportaje en un lugar donde había un levantamiento, te aconsejo que te refugies de inmediato en una embajada, la española sería la mejor, ya que tienes la nacionalidad. Estoy sacando del país a Santiago con un permiso especial del presidente de la República, si te toman prisionera no voy a poder ayudarte porque se trata de la Policía de Inteligencia, una entidad autónoma sobre la que no tengo ninguna autoridad.

Se puso a balbucear tonteras.

—Escúchame y no seas terca —indiqué alterado cuando trató de refutarme—. Te violan, te torturan, ellos no se vienen con vainas y después te avientan viva desde un avión con piernas y brazos quebrados. ¿Quieres eso? ¿Hay un cerebro dentro de ese cráneo tuyo? Yo sé de lo que estoy hablando.

Pocas veces en mi vida he estado tan furioso. ¿Acaso nadie le dio un par de azotes a esta mocosa? Vaya si es terca y caprichosa.

XVI

Lo que vino después fue un desbarajuste de idas y venidas a las que yo ya no estaba acostumbrado. La época de escaramuzas había pasado para mí, ahora vivía una vida tranquila y relajada, de escritorio, sumergido en documentos y dando órdenes, pero me involucré en esto porque Daniela estaba de por medio.

Daniela empacó algo de ropa para su hijo en una maleta, buscó el pasaporte y documentos, e insistió en ir al aeropuerto a despedirlo. Yo quería evitarlo para que no lo viera en las condiciones que estaba, pero bueno, es su madre. Eso implicó que tuviera que ir con ella, no la iba a enviar con un subalterno o sea que mi idea de pasar desapercibido no resultó.

La fui a recoger, lo sacamos del hospital en camilla y trasladamos al aeropuerto en ambulancia. Yo, con el salvoconducto presidencial en mano, lo embarqué. Daniela insistió en dejarlo en la cabina del avión. Las mujeres son obsesivas… o sea, hasta la cabina entramos. Me dolió observar la tremenda tristeza de Daniela al ver en las condiciones que estaba Santiago, «Mamá», le dijo el muchacho. «piensa que estoy vivo…de milagro… y estoy libre». Yo bajé primero para darles unos minutos solos, luego descendió Daniela, y finalmente despegó el avión y el problema se despegó también de mis manos.

Cuando salimos del aeropuerto le pedí al chofer que nos llevara a casa. Volteé donde Daniela y esta vez fui categórico con ella.

—Donde ese fulano no regresas, te quedas conmigo. No me vengas con excusas. Vamos a ver un abogado y le mandas los papeles de divorcio.

—¿Y si no los quiere firmar?

—Lo meto preso —le dije escueto.

Me miró asustada.

—Me he jugado el puesto por sacar a tu hijo del país —protesté—, tragarme mi orgullo e ir a suplicar al presidente que lo dejen en libertad, hasta tuve que contarle cosas de mi vida privada, que detesto hacer, y lo único que te pido es que dejes a ese hombre y te vengas conmigo. ¿Es eso tan difícil?

—No, Friedrich, no digas eso.

Shit, en mi vida le había hablado así.

—Entonces, ¿cuál es el problema? En cuanto salga la sentencia de divorcio nos casamos. Si no quieres vivir en mi casa por el qué dirán, lo cual me parece ridículo, ya somos mayorcitos, te alquilo un departamento.

—Lo hago por Claudia, Friedrich. Para que no se entere…por no herirla,

La interrumpí:

—Me imagino que ya se habrá refugiado en una embajada o salió del país. Le dije claramente los peligros a los que estaba expuesta.

—La vi salir de casa con una maleta, ni siquiera se despidió de mí —musitó Daniela amargamente—. Pero tengo que ir a ver a Guillermo, tengo que decirle que su hijo está a salvo. Lo dejé angustiado, sin noticias, y además quiero pedirle el divorcio personalmente.

Yo iba a abrir la boca, pero me interrumpió:

—No estamos en un cuartel ni soy uno de tus subalternos. Voy a ir porque así lo he decidido y porque es lo correcto.

Traté nuevamente de protestar, pero puso su mano sobre mis labios.

—Ya se, vas a reclamarme porque de ti me despedí por teléfono. Es porque te amaba, jamás te hubiera podido dejar si te veía —después de una pausa prosiguió—, Guillermo no es un mal hombre, él no me hizo sufrir, fue la situación, nunca violó el trato que hicimos de convivencia sin sexo después de que salí embarazada. Por lo general no se metía en mis decisiones, a veces protestaba, pero siempre cedía. Ahora ha perdido su fortuna, está solo y enfermo, hay que tener compasión Friedrich.

Suspiré, ¿qué podía hacer?

Daniela le informó a Guillermo que su hijo estaba fuera de peligro, que el general Santisteban había logrado liberarlo de la prisión y conseguido un salvoconducto del presidente de la República para sacarlo del país. «Acaba de despegar el avión que lo lleva a París», agregó. No le quiso contar lo del ojo ni la pierna, se lo diría después.

—¿Ese es el general con quien te estás acostando, Daniela?

Daniela lo miró estupefacta. En ese instante se dio cuenta de que su hija se había vengado, Guillermo la estaba acusando de adultera.

—Claudia me ha contado todo —prosiguió Guillermo—. Que este general era su novio, que tú se lo quitaste y que ahora es tu amante.

Daniela no respondió, suspiró, dio media vuelta y salió de la habitación. No podía creer que Claudia le contara a su padre algo que lo iba a hacer sufrir, solo por indisponerla a ella. ¿Cómo podía ser tan cruel? Guillermo fue tras ella.

—¿No lo niegas?

—Has tenido veintisiete años para saber la clase de persona que soy. Si quieres creerle a Claudia, es tu problema. Escúchame, Guillermo, vine a hablarte de otra cosa, de nuestra relación. Ambos nos casamos sin amor, ahora nuestros hijos están mayores, han salido del país y no van a poder volver, no hay motivo para que continuemos juntos. A eso se resume todo. He venido a despedirme y pedirte el divorcio. Mi abogado te contactará para que lo firmes. No te preocupes, no voy a pedirte ni llevarme nada, puedes quedarte con tus propiedades.

—No te voy a dar el divorcio. No puedes hacer esto.

—Lo estoy haciendo Guillermo, adiós.

XVII

Han pasado dos años desde entonces y hace seis meses que nos casamos.

El divorcio no tuvo problemas después de que el tipo ese entendió perfectamente lo que le esperaba si no firmaba. Yo no me fui con subterfugios, la gente que le envié fue explícita. No le confesé a Daniela cómo había logrado que su marido firmara el divorcio, le conté que fui personalmente a hablar con él. Guillermo, por vergüenza, tampoco se lo dijo.

La boda fue espléndida, como hubiese querido hacerlo treinta años atrás. Daniela no se casó de blanco, pero sí de blanquecino, con un modelo exclusivo que se trajo de París. Yo, con uniforme de gala colgado de condecoraciones. El padrino de bodas fue el presidente de la República, él mismo me lo sugirió, y asistieron los jefes de todas las Fuerzas Armadas, ministros y personalidades del mundo político y financiero.

Daniela invitó a sus padres, «para que sufran», me dijo.

Aunque no sufrieron. Hacía años que su padre había dejado de despotricar contra el mundo, su fiero carácter quedó sepultado bajo la lápida de la vejez y solo le quedaba la amargura de no tener a quién dejar el legado de su banco, la hija que no le dirigía la palabra, la nieta que se dedicó al periodismo y el nieto en quien cifró todas sus esperanzas terminó siendo un socialista. «Maldita sea, cómo puede ser posible que de mi sangre salga un tarado mental», se quejaba agriamente. Pero fue a la segunda boda de su hija. Llegó con su esposa, doña Elvira, que a fuerza de haber pasado tantos años a su sombra había adquirido una extraña transparencia, hablaba sin voz y se desplazaba sin cuerpo. Esta vez Daniela por primera vez en años le habló a su padre. La noté que estaba conmovida cuando lo vio, la felicidad ayuda.

Nos casamos en la catedral y la recepción tuvo lugar en el más exclusivo club de la ciudad. Hubo un emotivo cruce de sables, veinticuatro militares vestidos de gala al grito de «Sables en arco» y pasamos bajo el tintineo de las armas cuando chocaban. Nos besamos al final del cruce mientras caía una lluvia de pétalos de rosas que creo que terminaron marchitándose por lo largo del beso. Partimos el pastel nupcial en la forma militar tradicional, Daniela cogió la espada y yo puse mis manos sobre las de ella como símbolo de unión y protección.

Hacía mucho tiempo que yo no sentía orgullo de pertenecer al Ejército, debido a todas las iniquidades que habíamos cometido, pero ese día estaba inflado como un pavo real, orgulloso del despliegue militar, de la posición que había alcanzado y de poder brindarle esa boda a mi flamante mujer.

Daniela sentó a sus padres en la mesa con nosotros. Sentí un poco incomodo a don Nicola cuando me miraba, así es que en un momento me acerqué a él. «Señor Petrović», le dije, «no nos han presentado formalmente». Él apenas sonrió y con voz apesadumbrada quiso disculparse de su pasada decisión, pero no lo dejé proseguir. «No señor», le dije, «olvídese del pasado. Usted nunca quiso perjudicar a su hija, quería lo mejor para ella, creyó que un marido con una sólida posición económica y un apellido aristocrático la haría feliz. Pensó que Daniela se lo iba a agradecer con el paso del tiempo. Se equivocó, eso es todo. Olvidó que el amor es lo más importante que hay en la vida, pero no lo hizo con mala intención. Alégrese que ambos hemos encontrado finalmente la felicidad, el pasado quedó atrás. Su hija lo quiere, estoy seguro de que piensa lo mismo que yo, por eso quería que estuviera con nosotros hoy día en que sellamos nuestro amor». El viejo emocionado lloró y, para colmo, me abrazó. Ahora tengo un suegro orgulloso de su yerno, yo, el tenientito del Ejército.

Daniela se acercó a buscar a su padre. Los vi alejarse sonriendo. No me gustan los rencores. Cómo te cambia el amor, la fiereza se me va derritiendo a pedazos.

El baile se prolongó hasta la madrugada mientras nosotros íbamos en ruta a Vietnam para nuestra luna de miel, capricho de Daniela. «Es un país comunista», aduje. «¿Y eso qué importa?», respondió, «no le quita los paisajes de ensueño. ¡si serás reaccionario!».

El hijo de Daniela, a pesar de todas las operaciones tratando de salvarle el ojo, lo perdió. Por si fuera poco, ahora tiene que caminar con ayuda de muletas, pero está vivo y agradecido de que le haya salvado la vida. Lo fuimos a visitar un par de veces. Está viviendo en Montpellier, una ciudad al sur de Francia, cerca del Mediterráneo que curiosamente durante la Edad

Media formó parte del Reino de Aragón cuando Pedro II de Aragón se casó con Marie de Montpellier.

Increíblemente ahora tengo más cosas en común con ese jovencito que lo que tiene con su padre. En este último año me he convertido casi en un liberal, yo, "el azote de los insurgentes" ¡quién lo creyera! Me imagino que por influencia de Daniela, que ama a los desvalidos, definitivamente no salió con alma de banquero. Me cuenta que la emoción social se le despertó con los pequeños de su escuelita. Siempre me habla de ellos, «no te imaginas la algarabía que metieron el día que llegaron tres computadoras que a regañadientes le hice comprar a Guillermo», me cuenta y se le humedecen los ojos. ¡Mujeres!

De Claudia solo sabemos que vive en España. No quiere saber nada de su madre y menos todavía de mí. Creo que nos odia concienzudamente. Esa chica salió con una personalidad dañina y prepotente. Daniela no se resigna a perder a su hija, pero nada puedo hacer.

Le he confesado cosas de mi pasado. Quiero que sepa quién soy realmente, que no tenga una idea equivocada de altruismo y rectitud, porque no es cierto. Le he hablado del trabajo sucio que hice durante la represión, cuando las Fuerzas Armadas actuaron con impunidad, las desapariciones, masacres, torturas, violaciones de las que yo también fui parte. «Mis ascensos no fueron por valentía sino por crueldad», le confesé. «Quisiera borrarlo de mi cerebro, pero la sangre y los muertos son difíciles de erradicar».

Tenía que contarle, no tanto por descargar mi conciencia, sino porque Daniela debía saber la clase de hombre en que me había convertido. Son tus acciones lo que te definen como persona. Daniela recordaba al muchacho que comenzaba a vivir, solo que ese ya no era yo. No parecía encontrar nunca el momento apropiado, no lo hay, así que me lancé una noche en que la tenía entre mis brazos, en que le iba a hacer el amor y me detuve. «Tengo algo que decirte», le dije y comencé a hablar. Oía las palabras rodar a borbotones, como agua turbia por mis labios apretados, creando imágenes difusas, malditos fantasmas etéreos del pasado.

—Violé a mujeres —el sonido salió raspándome la garganta—. No fueron violaciones violentas, ni siquiera forzadas. Lo hicieron voluntariamente, por salvar un marido, un hijo… ¡qué sé yo! Pagaban un precio. A mí ni siquiera me llevaba el deseo sexual, eso hubiese sido mejor. Hubiera significado que era débil, que la concupiscencia, la lujuria, podían más que mi voluntad. No, lo mío era peor, lo hacía porque PODÍA... humillar, vejar a un ser humano, era omnipotente, un dios maldito.

Estoy parado delante del cuartel, mirando un cielo prestado, jironado del blanco de nubes y rosa del amanecer con un olor a limpio que mareaba.

Aparté la vista, volteé, abrí la puerta y entré.

«Quítate la ropa», ordené.

Algo en mi interior se revolvía, pero no hice caso. Me acerqué al catre, a la mujer desnuda. Iba a realizar un acto deplorable. Apreté los dientes, me desabroché la bragueta, le miré el sexo buscando tener una erección. La conseguí. Me incliné y la violé. Cuando terminé, me incorporé. Por un momento quise pedir perdón, pero no lo hice, me di cuenta de que había llegado a pulsar el límite de mi destino y salí.

«¿Lo va a dejar libre?», balbuceó ella con voz partida desde la cama.

«Sí», contesté escueto y fui a dar la orden de libertad.

Un día ordené la muerte de varios jóvenes, eran estudiantes, ingenuos, idealistas, tenían madres, hermanas. Un solo gesto mío salvaba sus vidas, pero como en los circos romanos, mismo Calígula bajé el dedo y las ráfagas de balas terminaron con el espectáculo. Una palabra mía, una seña... los hubiese salvado... pero yo estaba hueco de piedad.

Me detuve, vacilé, dudaba en contarle la peor iniquidad. Con un rictus de amargura proseguí:

—Hubo otra vez, tenía a este tipo delante de mí, era un prisionero que no paraba de hablar, gemir, farfullar incesantemente, no sé lo que decía, se justificaba quizás, rogaba, yo solo lo miraba. De pronto saqué mi pistola y le zampé un tiro en plena cara. Dejó de hablar. Se llevaron el cuerpo con la cabeza destrozada. Me di media vuelta y me fui caminando, pausadamente, sin sentir nada.

Esa noche no pude dormir. Me levanté y me acerqué a la ventana, la abrí sin importarme los mosquitos ni alimañas, allí estaba una solitaria moneda de plata perfilada sobre el firmamento. Me quedé inmóvil por lo hermosa y sorprendido de poder aún apreciar lo bello. Mis ojos se nublaron mientras algo húmedo me surcaba el rostro, eran lágrimas. Y de pronto me encontré arrodillado, aferrado al quicio de la ventana, sollozando como un niño. Comenzó a amanecer, a iluminarse el planeta subrepticiamente con la claridad de la mañana, me sentí tan fuera de lugar, tan extranjero, un alienígena que no merecía continuar en este mundo. ¿El suicidio? No. Es de cobardes, pero escapar de allí era inminente. Pedí mi baja en el Ejército, no me la dieron, pero me transfirieron, me sacaron del averno y me condecoraron, claro, por mis hazañas. ¡Qué ironía! Salí impune de toda esa miseria. Por varios años, cada vez que cerraba los ojos lo que veía solo eran imágenes malsanas que estallaban,

solo era sangre,
solo era muerte,
solo eran balas.

Sentía como si estuviera digiriendo en un estómago gigantesco toda la maldad humana. Nunca más volví a un puesto de combate hasta el día que llevé a tu hija a ese pueblo perdido en las serranías. Por eso la traté tan duramente cuando no podíamos encontrarla, porque si algo le pasaba me ibas a culpar y porque a cachetadas me regresaron los terrores del pasado. El problema de la violencia es que se infiltra sin darte cuenta. Andas rodeado de ella y la sudas como parte de tu cuerpo. Requiere un enfrentamiento mental para descubrir que estás al borde de lo insano.

Daniela no había hablado, solo escuchaba. Sé que estaba aterrada, vi la angustia en sus ojos, el horror que brotaba de su piel, pero calló. Después de mucho rato preguntó:

—¿Hace cuánto tiempo de eso, Friedrich?

—Unos cinco años.

—¿Cómo te sientes ahora?

—Atormentado. No puedo olvidar. Los asesinados no te dejan. Tampoco quiero. Debo recordar que una vez fui un monstruo, es una forma de castigo, hay que llevar ese fardo a cuestas como penitencia por tus pecados.

Me echó los brazos al cuello.

—Pero regresaste Friedrich, te libraste, huiste. Ya no eres ese hombre. No quieres matar.

—Pero puedo, Daniela. No confío en mí. Tiemblo de pensar en desenfundar un revolver y …todo depende de la circunstancia, de cuán acosado me sienta. Por eso no fui a enfrentarme con tu marido.

Oops, para mentir uno tiene que tener cuidado. Recién entonces Daniela se enteró de mis acciones para obligar a su marido a firmar el divorcio.

—O sea que tú no fuiste —balbuceó.

Tragué saliva antes de responder:

—No me atreví, mi amor. Se la tenía jurada desde el día de tu matrimonio, un odio tan acerbo no tiene límites Daniela. Traté de evitar otra muerte.

Este es mi último año en el Ejército. Desde que comencé la retahíla de "mis confesiones" Daniela quiere que me salga, aunque le insisto que la culpa de lo que pasó es solo mía. Uno es lo que es, dueño de sus actos y de sus consecuencias. Igual, le voy a dar gusto y si quiere vivir cerca de Santiago, nos iremos a vivir a Francia, pero no a Montpellier por favor. A Daniela le gusta Aix-en-Provence para seguir la Route Cezanne, no puede renunciar a su espíritu artístico, pero yo escogería Niza, a pesar de las playas de piedras, pasearme por el Promenade des Anglais, cenar en el Chantecler del Negresco, deambular por la Vieux Nice, vivir la "Vie en rose" de la Piaf. Recuerdo que había un libro que escribió un peruano: "El mundo es ancho y ajeno", allí quiero ir yo, a perderme con Daniela a un mundo ancho, a un mundo ajeno, donde nadie sepa de mí ni de mis depravaciones.

No se adónde voy a ir a pagar mis culpas o pecados, que son muchos, porque el infierno está en este planeta Tierra y yo aquí, pues…soy feliz.

www.ingramcontent.com/pod-product-compliance
Lightning Source LLC
Chambersburg PA
CBHW030354180626
46812CB00007B/2878